百 年 経 っ た ら 逢 い ま し ょ う

装画：塩月　悠
San Gertz Nigel Nina Ricciの肖像によるコンポジション
装丁：別府大悟

百年経ったら
逢いましょう

高野吾朗

百年経ったら逢いましょう

❖目次❖

再び Y へ

百年経ったら逢いましょう

芋虫

夏の木陰で　男が女に　花束を贈る
「愛をこめて」と男が言うと　女は
「こいつも嘘つき」と思いながらも
嘘の微笑みだけは絶対に絶やさない

男がアスファルトに靴底をすりつけ
先ほど踏んだ蝶の死骸をそぎ落とす
愛の歌があふれる大通りから逃れて
女は誰もいない部屋へと　また戻る

世の中よ　ここを「愛なき空間」と
呼びたいなら勝手に呼ぶがいい——
高笑いしながら　女が先ほどの花を
眺める　この花には　何の罪もない

花瓶に水を入れ　愛の犠牲者たちを
そこに活けてやると　花弁に真緑の
芋虫がいる　微かに身をくねらせて
何かを待っているかのようだ　ああ

あの男も多分　わたしがこのように
身をくねらせる姿態が　ただ見たい
だけなのだ　自分が贈ったこの花に
わたしの真の姿かたちが　こうして

隠れているなんて　たぶんまったく
気づきもしなかっただろう——いや
待てよ——もしかして　実はわざと
芋虫つきの花にしたのかも　まさか

再び　愛がわからなくなるにつれて
女は「やっぱりおもしろいなあ」と
独りごちてまた笑い　芋虫をつまむ
そして　むきだしの　自分の乳房に

優しく乗せてやり　母のような目で
そのままずっと　黙ったままでいる
夏の深夜　虫はゆっくり乳房を這い
女は街で聴いた　愛の歌を口ずさむ

蝶の幻が　彼女の裸身をふいに離れ
窓を抜け風に乗り　闇を抜けていく
そして　女の元に戻ろうとして誤り
靴底の待つあの木陰へと　迷い込む

避難命令

「危険です　早く避難しなさい　命を守る行動をすぐ取りなさい」

わからないことがあるたびに　「わからない自分が悪いのではなく
わからなくさせている他人こそが悪い」と　すぐに逆上する人間が
あまりに多すぎるので　幼いあなたは　今日もまた　部屋にこもり
必死に眠ろうと目を閉じるのだが　火星の表面のような暗い大地に
ひっそりと立つ一本の巨樹を　いつものごとく夢見かけたところで
またもや街中に例の命令が響き渡り　あなたの両眼は冴えてしまう

「あなたの現在地は実験場の中心付近です　最も危険な地帯です」

子供のあなたは仕方なく外に出て　真夜中の道をゆっくり走りだす
実験場だと？　嘘をつけ　ここはただの住宅街で　今夜もいつもの
ごとく　どこもかしこも平穏無事じゃないか　それでも　あなたは
まだまだ子供なので　言われたとおりに走り続ける　暗闇の中から
強引に光が引き出されるかのように　避難所がその姿を現す　だが
扉には鍵がかかっていて　あなたは窓から中の様子を見るしかない

「家畜の死体があちこちに放置されていますが　接触は厳禁です」

避難所の中には　海の向こうからやってきた　移民らしき女たちが
疲れた顔で座り込んでいる　そして一斉に　あなたの顔を見るのだ
「あの少年も　大人になったら　この国の大人のオスたちのように
わたしたちの国までわざわざやってきて　地元の女たちを　まるで

家畜のように蔑みながら　金で買い　欲情だけ満たして去るのだ」
そう激しく言われた気がして　意味もよくわからぬまま　あなたは

「無重力状態となる可能性もあります　急な浮遊にご注意下さい」

怯えながらそこを立ち去る　しばらく行くと　まるで　偶然を司る
神様が　あなたを大人にするためだけに用意してくれたかのごとく
次の避難所が見えてくる　だが　またも扉は閉まっており入れない
窓から覗くと　図書館のごとき本棚たちに囲まれて　少女がひとり
絵を描いている　どの本も声が出せるらしく　何やら互いに激しく
論争中である「他者が与えてくれる運命に受動的に身を委ねろ」

「誰も信じてはいけません　私だけを信じていれば生き残れます」

そう「生き方」を説く声の一方で「他者など不要だ　能動的かつ
孤独に死を選ばずして　真実の生などありえない」と反論する声も
ある　そんな論争にかまうことなく　少女は一心不乱に描き続ける
何かの生き物の絵らしいが　その顔には驚愕があり　頭頂には美が
ある　首から胸にかけては　疑いと惑いと欲望と寂しさが縦に並び
心臓のあたりには　不安と希望と安心と失望がこんがらがっている

「避難所を転々とした場合　あなたの移動の痕跡は記録されます」

右手には　苦しみと悲しみが描かれ　左手からは　楽しさと喜びが
ぶら下がり　右足には憎悪と恐怖と怒りが　そして左足には　愛と
恋と憐みがつまっている「この怪物のせいで避難させられた！」
大声でそう叫ぶと　少女が窓の外のあなたを見る　そして　死んだ
自分を見つけたかのように驚く　すると次第に　少女の体は一頭の

羊へと変身してしまう　そして　周囲の紙という紙を貪りだすのだ

「置き去りにしてきた家族や友人のことは　忘れてしまいなさい」

異なる時代へとまるで浮遊するかのように　その場を離れた子供の
あなたには　置き去りにしてきた　愛する人の沈黙の声は　もはや
届かないらしい　その純粋な声を　全て字句通り翻訳してあげよう
「あなたは常に逃げてばかり　いつまでその無責任を反復する気だ
あの闇からこの闇へ　あの性からこの性へと　踊るがごとく軽々と
移るたびに　あなたの痕跡は砂粒のごとく風に消されていくのだ」

「無事に避難し終えるまで　うかつに路上で寝入らないように！」

疲れきったあなたが　ようやくたどり着いたのは　一本の巨樹の下
まるであの少女が描いていたあの絵のような枝ぶりだ　牛のように
眠ろうとするあなたの耳元に　再び　あの　使者の　声が　まるで
死者を　激しく　揺り起こすかのように　遙か遠くから　響き渡り

三角関係

ベッドに横たわる人物は　瀕死の体であるにもかかわらず
天命によって　自分はこの世界でただ一人だけ「いくら
死にたくても　死ねない人間として選ばれてしまった」と
今日も麻酔剤で恍惚とした状態で　いつもながらに口走る

男装した女性なのか　女装した男性なのか　よくわからぬ
この瀕死者のベッドサイドに佇むあの老人こそが　唯一の
介護者だ　皺まみれのその表情には　憐憫も哀惜も見えず
物陰から密かに覗いている私には　鉄面皮としか思えない

私と瀕死者と老人の関係を　正確に知る者はこの世にない
私は瀕死者を敬愛し　崇拝し　身も心も捧げ尽くしてきた
その私から介護の権利を奪い去り　瀕死者の末期を勝手に
独占したあの老人は　なぜか私と　容姿がそっくりなのだ

老人が手にしているあの新聞にも「行方不明者」として
私の身長　体格　頭髪　服装　そして履物の詳しい情報が
載っているはずだ　病人の全身を襲う地獄のごとき苦痛を
長らく慰め続けてきた老人の心は　いまや氷と化している

無理もない　瀕死者は苦痛の全ての原因を　老人の介護の
まずさのせいにしてばかりなのだ「いつか奇跡が起きて
この苦痛がなくなるだと？　そんな愚かな祈禱にいつまでも
明け暮れるのはもう止めにして　有能な医師を連れてこい

よく効く薬を持ってこい」 再び老人は　心の中で密かに
葬儀の予算と段取りを考え始める 「普通に呼吸ができて
普通に歩けて食べれて喋れるおまえが羨ましい　おまえの
姿を見ているだけで　私の症状は悪化していくばかりだ」

早く死んでくれればいいのに　老人が再び　心の中で強く
念じる 「だがな　こんなに苦しく辛いのに　私は永遠に
生き続けねばならないのだ　人類はもうすぐ死に絶えるが
私は独り生き残り　新たな人類を創らねばならないのだ」

その昔　瀕死者は　私にこう囁いた 「私の血をなめれば
おまえは不死の体となるだろう」 今こそあの老人を倒し
介護者となるのだ　そう自らを鼓舞する私の声はあまりに
美しく　鏡に映る私の顔は　嫉妬のせいであまりにも醜い

背後からナイフで刺すと　突然の死の訪れに驚いた老人は
私の顔を見るなり　再び驚愕し　人生最後の言葉を吐いた
「いつか必ず　おまえも手放すことの大切さを知るだろう
そして息さえも手放すのだ　生涯ここに監禁されたまま」

床に転がった遺体を見下ろすうちに　私の心は　生まれて
はじめて　恥と罪の意識の恐ろしさに圧倒された　両手で
顔を覆う私に　よろよろと手を差し伸べ　その手を静かに
はがしてくれたのは　誰あろう　微笑する瀕死者であった

それ以後の私の人生は　この病室の中でのみ　展開された
瀕死者が天に召される時は　私も　殉死するつもりでいた

しかし瀕死者はずっと瀕死のままだった「天国も浄土も
天には存在しないのだ　この地にこそあるのだ　その形は

無であり空だ」それが瀕死者の口癖だった　私の介護の
おかげで　病人は苦痛からすっかり解放され　おだやかに
微笑するばかりとなった　私の精神は瀕死者に完全に頼り
瀕死者の肉体は　私に完全に頼った　そう　あの日までは

歯車が狂いだしたのは　瀕死者のあの問いかけからだった
「危険を冒して　この部屋に辿りついたおまえを　外では
多くの人々が　莫大な金と労力をかけて探しているはずだ
彼らに助けてもらいたいか」「いいえ」と私が答えると

瀕死者は突如「嘘だ　おまえの自己責任など無だ　空だ」
と　初めて私を罵り　自分の顔を両手で覆った　その手を
はがそうとする老いた私の背後には　次なる行方不明者が
潜んでいるのだろうか　若きその手にナイフを持ったまま

開花宣言

健康診断の結果　今のわたしの体は
磁力が著しく　不足しているらしい
緊急入院となり　担架に乗せられて
向かった先は　わたしの名前と同じ
名前の病院の地下であった　個室を
あてがわれ　ベッドに寝かされたが
それっきり　いつまで経っても誰も
病室に来ないようなので　あまりの
退屈さに部屋を抜け出し　大広間を
柱の陰から覗くと　わたしのような
患者たちが　あちこちに思い思いに
穏やかに座っており　その中央には
ちょうどわたしくらいの高さの岩が
ごろりと転がっている　その表面を
子供をあやすかのように撫でながら
満面の笑みで　看護人らしき人物が
「皆さん　この方は　今日とうとう
完治なさいました」と　まるで桜の
開花を宣言するかのごとく高らかに
言い放つ　途端に　患者たち一同が
まるで磁石に吸い寄せられるように
岩へと近づきはじめる　すると再び
看護人が大声で知らせる「皆さん
この方は　はるか昔にここを去った

愛する人のお還りをずっと待つ間に
ついに岩となられました　とはいえ
皆さんすでに　よくご存じのとおり
これは完治なのであって　この方は
決して亡くなってなどおりません」
岩肌を撫でながら　患者のひとりが
「ここの者は皆　いずれこうなる」
と言うと　全員が畏敬を込めて頷く
「次は私であってほしいな」――と
呟く患者もいる中で　別のひとりが
「この岩石化の主原因は何です？」
と問う 「別離の哀しみのせいか？
還らぬ人への怒りか？」 とたんに
様々な憶測が噴出する　感情を全て
失ったせいだ――周囲からの視線を
あまりにも気にしすぎたせいだ――
人類全体に対する愛が壊れたせいだ
――「医学的な答えはありません」
看護人はそう言うと　まるで遠方に
浮かぶ一つの謎を仰ぎ見るがごとく
天井をひと睨みして　去っていった
考えても無駄だと知って　患者らも
大広間から順々に立ち去っていった
わたしも岩肌に触れてみたくなった
しかし　目に見えない斥力のせいで
どうしても岩に近づけない　すると
岩から　言葉らしきものが漏れだす
「この世でただ一人　あの人だけは

神のごとく　永久に不滅の存在だと
固く信じていたのに」 無神論者の
わたしの心の奥底で　岩への侮蔑の
念が芽吹く 「自分のこんな姿など
この目で見たくない――そうだ――
これは私の体ではなく他人なのだ」
ここで　岩の声の調子が急に変わる
「そこに隠れているのはもしや――
ああ　やっと還ってきた」 斥力が
ふと消えて　わたしが岩に駆け寄る
そして　乾いた舌で岩肌を舐め回す
「ああ　もっと激しく」 患者らが
思い思いの楽器を片手に戻ってくる
演奏と同時に　わたしの後ろで皆が
合唱する 「オブラディ・オブラダ
人生は続く」 血まみれの舌で岩と
愛し合うわたしの　退院日はいつだ

水盗人

なにもかも嫌になって　全てのことから
独りきり　逃げに逃げて　気がついたら
あなたは　とある山間のダムにいたのだ
満々と水を湛えたその巨大さを　上から
見下ろしながら　あなたが腹をすかして
なぜこの辺りには家が一つもないのかと
困っていると　ダム上のスピーカーから
このダムの建設で水没した村についての
解説が　何度も何度も繰り返され始めた
水没するその当日まで　その村には水も
電気も一切なく　数名のみの村人たちは
夜明け前から　それぞれ大きな桶を担ぎ
徒歩のみで　険しい山をいくつも越えて
遠くの街まで　水をもらいに行ったのだ
それは　数百年に及ぶ　その村の日課で
街から共有の水汲み場が消えた後でさえ
一戸建ての家やマンションの住人たちを
各軒まわっては　まるで物乞いのように
頭を下げて　水を恵んでもらい　満々と
水を湛えてすっかり重くなった桶を担ぎ
疲れた足を引きずるように　無言のまま
村へと戻る　その生活を繰り返したのだ
そんな解説をぼんやり聞きつつ　ダムを
見下ろしていると　まるであなた一人の

ためだけに映画が上映されるかのように
水面は銀幕と化し　そこに見知らぬ女が
映し出される　彼女は水没したこの村の
元住人で　強制移住の果てに　あなたの
家のある街に　いまは暮らしているのだ
あなたの家は今　あなたが不在のせいで
誰もいない　昔ながらの桶を肩に担いで
彼女は堂々と　あなたの家の庭に侵入し
庭に外付けされている　水道の蛇口から
桶が満杯になるまで水を盗む　その水が
故郷の村を破滅させた　あのダムからの
水であることを　彼女は知っているのか
桶をかつぐと　女は足を引きずるように
自分の家へと引き返す　そこは街一番の
超高層マンションで　彼女の暮らすのは
その最上階だった　女はエレベーターを
無視して　なぜか非常階段をゆっくりと
歩いて登る　桶が肩に食い込む　大量の
汗が全身から噴き出す　女はこの苦行を
この街でずっと続けてきたのだ　そして
あなたの家の水道は　女にとっては最も
狙いやすい　定番の標的なのだ　彼女が
暮らす最上階は　実はただの屋上であり
階下の豪華な住居の大群とは全く異なり
そこには粗末な掘立小屋が一つ　そして
コンクリート上に小さな畑が一つ　一体
どこから　土を運んできたのか　そこで
細々と育っている野菜たちに　女が桶の

水を静かにかける　階下には水も電気も
豊富なのに　独り暮らしのあの小屋には
水も電気もガスもないのだ　桶に残った
最後の水を　がぶがぶと飲む女の脳裏で
ここに無理やり彼女を連れてきた亡夫の
暴力や　夫から逃げようとして果たせず
泣いた夜や　この小屋で生み育てた子の
死に顔の記憶が　水のごとく流れていく
突然　花火がダムの向こうの闇を染める
驚くあなたのすぐ横で　見も知らぬ男が
呟く「あなたもここを人生最期の地に
お選びですか——このダムは　何もかも
流してくれる便器みたいな場所ですね」
女もあの屋上で同じ花火を見ているのか
久しぶりに　あなたは　家を恋しく思う

対話なき世界

どうして　世界中から　様々な人たちが
わざわざこの広場にやってくるのだろう
何の変哲もない　枯れ切った噴水が一つ
中心にあるだけの　こんな地味な場所を
どうしてこんなに多くの　人種と民族が
朝から夜までひっきりなしに訪れるのか
こんな広場しかない　この街に生まれて
成人となるにつれて　この街を心底憎み
とうとうこの街を捨てて　はるか遠くで
詩人として立派に認められた一人の男が
数十年ぶりにこの広場に戻ってきたのは
新たにまた詩を書くための材料と意欲が
もはやなくなりそうな恐怖を　なんとか
克服したかったからだ　故郷の中心たる
この広場で起きているこの奇妙な現象に
あやかって　再び霊感を得たかったのだ
広場を漂い歩く群衆の中に身を投じると
詩人はすぐ気づく　ここにいる人は全て
誰とも話さず　みな独り言ばかりなのだ
みな目前の虚空とばかり話しているのだ
詩人の隣にいる　見るからに陽気そうな
青年の独り言はこうだ「成人の日なんか
なくなっちまえばいい」——その奇声は
叫びへと変貌するが　応じる者は皆無だ

続いて聞こえてきたのは　水なき噴水の
乾いた床に寝そべる　中年の婦人の声だ
「わたしは牡蠣——汚水を再生するには
わたしみたいな生き物を　養殖するのが
最も有効なのだけど　この水は汚すぎて
わたしたった一人の力では　昔のように
泳げる水にはなかなか戻らないわ」——
噴水のまわりをぐるりと取り囲んでいる
くたびれた背広姿の紳士らは　全く同じ
内容を口にしつつも　互いを無視しあう
「なおも生きたいのなら　殺せる勇気を
自らの中に育てねばならぬ　そのために
必要な訓練として　まず隣人を殺すのだ
それも笑いながらだ　さあすぐ実行だ」
まるで噴水の周囲を　骸骨たちが整然と
取り囲んでいるかのようで　吐気を抑え
なおも広場を歩くと　詩人の右の方から
「何も疑うなと教えられすぎた結果だ」
左の方からは「何も愛せないからこそ
かくも簡単に命令に従ってしまうのだ」
と　異なる独り言が零れ落ち　ベンチに
座る恋人同士のごとき二人組も　互いの
顔を見もせずに　別方向に言葉を投げる
「いまこの大地が割れたら　ここにいる
人々の中で幸運にも生き残った人たちに
プライバシーなんて本当に必要なのか」
「二足歩行にはもう飽きた——今日から
私は　この下水みたいな世界の中を独り

泳ぐ山椒魚になろう――汚物のあまりの
多さに　辟易の日々がしばらくは続くが
いったん慣れてしまえば　胎児の死体が
流れてこようと　悠々と泳ぎ続けます」
誰かと会話をしなければ　自分がいつか
下らぬ独り言しか言わぬ二流の書き手に
なってしまいそうで　詩人が話し相手を
探していると　先ほどまで　成人の日を
罵倒していたあの青年が　月なき夜空を
指さして　「今夜は月の匂いがします」
と叫ぶ　一瞬　ありとあらゆる独り言が
静まる　詩人の心に　この広場の人々が
互いの背に乗りながら　人間の塔を作る
様子が浮かぶ　それに続いて　島影なき
大海を孤独に進む木製のカヌーが浮かぶ
これが待ち望んでいた霊感か――ここに
戻るのはこれが最後かも――詩人の眼に
いま群衆はステンドグラスのごとく映る

月と太陽の対話

この扉の外は真空の世界　だから鍵をかけて立てこもるのだ

「この部屋に今日も引きこもるあの子の　心の鍵はどこだ」

扉の外のあの声が　次に殺処分したがっているのは私らしい

「この中で独り老いゆくわが子こそ　私の人生の屠殺者だ」

窓から射すこの光の海の中にいる限り　私は永遠に大丈夫だ

「暗いこの廊下から察するに　あの子はまるで溺死寸前だ」

自分のことは自分で守るしかない　家族さえも今は敵なのだ

「子供のための自己犠牲　昔はそれを神の恩寵と信じたが」

今日もスケッチ帳を開いて　気ままに絵を描いて過ごすのだ

「今日は人生最後の皆既日食　全てを忘れて独りで見たい」

眠りながら描くかのように　この手の動きに全てを任せよう

「眠りながら歩くかのように　この足に行き先を任せたい」

扉の外が静かになった　無償の愛を訴える　あの声が止んだ

「この扉を無理に開けたところで　待つのはどうせ暴力だ」

旅する獣をまず描こう　野に曝され　獣の心には風が沁みる

「家を後にした今日の私は旅人だ　そして空は時雨模様だ」

旅に病みそうになりつつも　獣は枯野を夢のごとく疾走する

「子をしばし忘れ　旅立つ私　鳥は啼き　魚の目には涙だ」

獣の巨体に衝突　または踏み潰されて　数々の小動物が死ぬ

「しばらく歩くと　大きな袋を重たげに背負った男がいた」

全速力の獣の後ろには　獣に殺された動物たちの霊を描こう

「男によると　袋の中身は死体で　彼の子供なのだそうだ」

霊たちが見せる奇妙なダンスは　あの獣を呪い殺すがための

「わたしと違い　男は　行き先も帰る場所もない漂泊者で」

そして自分らを蘇らせるためのもので　それを知らないのは

「子の死体にはまだ血が通い　生者そっくりなのだという」

前を行く獣本人だけだ　さらに駆ける獣の前に描かれるのは

「男が言うには　その奇跡の子はきっと聖人のはずであり」

人間の幼児だ　その子は車道のそばに立ち　反対側の歩道を

「それが公式に証明されれば　多くの心を救うはずだから」

見ている　反対側にはひとりの大人が背を向けて立っている

「自分がずっと信仰している宗教の教祖を訪ね　その方に」

顔の見えぬその大人を　自分の親だと信じ　幼児はいきなり

「聖人と公認してもらいたいのだが　何度行っても断られ」

信号のない車道を　左右を確かめぬまま　渡ろうと飛び出す

「気づくといつの間にか　膨大な月日が経ったのだという」

それを見た獣は迷う　あれは　自分とは違う世界の生き物だ

「会って下さるまで　自分が死ぬ日まで　訪問は続けると」

だから救う必要はないはず　だが　苦境の只中にあるものに

「笑いながら言って去る男の背中が　私には聖人に見えた」

手を差し伸べるのは当然では　車道に獣が飛び出すと　車が

「皆既日食が見える丘まで　エッシャーの騙し絵のような」

獣か幼児のどちらかを轢き　内臓が路上に飛び散る　幼児の

「街をさらに進むと　旅人を殺してその肉を食らうという」

顔を　どうして私は私そっくりに描くのだろう　鳥の群れが

「老いた女の鬼と出会った　彼女の周りには人骨と内臓が」

早くも上空から路上の内臓を狙う　行きかうどの車も　その

「山のように積まれていた　その鬼がわんわん泣いている」

死のために停まることはない　どの通行人も気づかぬままだ

「どうしたのかと尋ねると　はるか昔に　置き去りにした」

轢かれるその瞬間　幼児の脳裏にも　獣の脳裏にも　音楽の

「わが子と気づかぬまま　先ほど旅人を殺し食ったという」

爆弾が炸裂する　スケッチ帳の残りの余白があらゆる音符で
「誰かこの音楽を止めてくれと泣き叫ぶ　鬼に別れを告げ」
埋め尽くされて　私はようやく全てに飽きてしまう　すでに
「私はようやく丘の頂へとたどりつく　すでに太陽が月に」
光の海は消え去らんとしており　窓の外には　暗黒の世界が
「覆われようとしているのに　この決定的瞬間に　なぜか」
その色を濃くしはじめる　言い知れぬ恐怖に　私は　思わず
「私を除いて　丘は無人だ　ああ　あの月と太陽のように」
着衣のまま　失禁してしまう　ああ　あの月と太陽のように
「私の世界とわが子の世界が　再び重なる瞬間が　いつか」
私の世界が　扉の外の世界によって再び覆いつくされる日が
「来てくれるだろうか　すると漆黒の闇の中から　誰かが」
来るのだろうか　すると再び　誰かが扉を静かにノックする
「囁く　ここに花が咲いているのがわかるか　二つの命の」
そしてこう囁く　君の世界を無限にしたいのなら　扉の外の
「中にあるこの花が見えるかと　私の両足が丘を下りだす」
無を　この得体の知れぬ世界を　扉を開けて迎え入れるのだ

ペンギン

この世の息がとても吸いづらくなった
例の悪性ウイルスのせいかと　心配し
医師に相談してみたら　そうではなく
「もっと悪性で　もっとぼんやりした
ものです」と言う　とはいえ　それも
やはり伝染性らしく　接触感染だけは
絶対に避けろと　何度も念を押された
このまま死ぬのかと再び医師に問うと
「まだ軽症なので入院は許可しない」
「重症になるまで来ないで」とのこと
今頃はあなたも発症しているだろうか
私よりももっと　重症なのではないか
あなたを助けるつもりで近づいたのに
逆にあなたを死へと導いたかもしれぬ
感染防止を理由に完全隔離されたまま
誰にも会わずに葬られていくあなたの
最後の平安を　月光に酔うかのごとく
想い描きながら「助けて下さい」と
半狂乱の態で　医師に懇願し続けると
「不正義の平和より正義の戦争こそが
大事だとまず悟りなさい」と叱られた
叱責の意味がわからず　薬も出ぬまま
病院を出て　ふらふら足を向けたのは
あなたと二人で　行くことにしていた

あの喜劇役者のワンマンショーの会場
感染させる恐怖と　重症化する予感を
ともに抱えたまま　独りで入場すると
どこにも隙間などないほどの超満員だ
剽軽な付け髭にタキシード姿　軽快な
音楽に合わせて　無言のまま　まるで
ペンギンのように舞台上で踊る役者の
登場を　今か今かとひたすら待つ観衆
どの顔も　私と同じ状況　同じ不安を
抱えつつ　笑いという救いを　じっと
リスク承知で　待っているかのようだ
役者はきっと　まずは普通のサイズの
フラフープを持って　ひょこひょこと
いつものように登場するのだ　それを
難なく腰で回し　ペンギン踊りで袖へ
去ろうとすると　観客が「まだまだ」
と叫ぶのだ　最初は不満げに　けれど
すぐに満面の笑みで　ペンギンは戻る
次のフラフープは前の二倍の大きさだ
それを回そうとする彼の顔は　まるで
観衆全員の精神を　そのまま映す鏡だ
とはいえ　彼の姿はまだ舞台上にない
私も他の観衆も　まるで戦争の遂行を
みだらに欲望しているような顔つきだ
正しさがどこにもないことを忌み嫌い
どんな誤りにも縋りたがっている顔だ
あなたの昔の言葉がふと思い出される
「私の裸体をこうして見せているのは

触れてもらいたいからではなく　ただ
あなたとの違いを見せつけたいだけ」
「あの病原は　そもそも私たちの体が
作ったもので　私たちの体に舞い戻り
繁殖したがるのは　ごく自然なこと」
もしすでに　あなたが遺体だとしたら
誰もあなたに触らない理由は　汚染の
激しさのゆえか　それとも　あまりの
神聖さのゆえか　さあ　拍手喝采の中
いよいよ　付け髭ペンギン様の登場だ
回さねばならぬフラフープは　次々と
巨大化していくはずだ　失敗のたびに
袖へと下がり　また無情に呼び戻され
作り笑顔で　眩暈に耐え　見えぬ敵を
探すかのように　次のフラフープへと
またも手を伸ばすのだろう　不正義の
平和の味を　涙目で　噛みしめながら

エクソシズム

その昔　この外国の街を長く占領していたのは　あなたの　生まれ故郷
いま　あなたの目の前に建っている邸宅の残骸は　そのころの支配者の
家族の暮らしの痕跡でしかない　すっかり色の剝げた壁　ごみ捨て場と
化した庭園　豪華だったはずの門構えは今にも倒れそうで　ひび割れた
ガラス窓から中を覗けば　埃まみれの家具や絨毯や調度品たちの只中を
獰猛そうな小動物たちが　我が物顔で這いまわる姿が見える　この街の
現在から　完全に疎外されたままの　この二階建ての廃墟のベランダを
さっきからあなたはじっと見つめていたが　やっとその視線を　自分の
手元に移す　あなたの手にしている一枚の古い白黒写真には　ひとりの
美しい少女が　この街ならではの伝統衣装を身にまとい　正面をじっと
にらみつけながら　すっくと立っている　あの占領期にこの子は　この
邸宅に暮らし　晴れた朝や　涼やかな夕暮れには　優しく微笑む両親と
ともに　あのベランダに立ち　はるか先まで広がるこの街を見下ろして
いたのだろう　それにしてもなぜこの子は　どう見ても占領される側の
民の子としか見えないのに　この邸宅の実子として暮らせたのだろうか
謎解きを楽しむうちに　あなたの中に　自分の生き方を一変しかねない
ような　重大な決断の瞬間が訪れる　あなたは振り返ると　道行く街の
人々に向かって　驚くほどの大声でこう宣言する「皆さん　わたしは
この家を買います　そしてきれいに修復して　この家もこの庭も見事に
生き返らせます」しかし　あなたの外国語を解してくれる者はおらず
気味悪いものを見るように一瞥だけを残し　ただ通り過ぎていくばかり
ただ独り　地元の古老らしき女性が　木陰に座り込んだまま　無表情で
あなたを眺めているだけだ　理解されないことを承知の上で　あなたは
一度も会ったことのないその老女に向かって　さらに大声をはりあげる

自分の名前を伝え　自分の故郷について語り　自分の信条を述べ　なぜ
いまこの街にいるのか　どうしてこの家を買わねばならぬと思ったのか
淀みなく語りつくすと　老女が無表情のまま　美しく染められた数枚の
薄い布を胸元から取り出して　まるで国旗のように　あなたに向かって
はかなげにそれを振りはじめる　その布たちの揺れ方が　なぜか極北の
空を舞うオーロラのようで　あなたはふいに寒気を催す　しかしそれも
一瞬で　あなたの心には　すぐに自信がよみがえる「わたしは自分を
まったく棚上げになどしていない――わたしのこの決断はわたしにだけ
できることなのだ――この決断が誰かを不幸にするのなら　その責任も
もちろん喜んで取らせてもらおう――それをただ怖がっているようでは
わたしは一歩も前に進めなくなる」再びあなたは　写真に目を落とす
皺だらけの白黒の世界の外側に　二人の人影がだんだんと見えはじめる
ひとりはこの子の父親だろうか　恰幅のいい姿　ゆとりに満ちた表情で
彼は少女にこう語る「おまえの体に　どれだけ劣等民族の血が流れて
いようと　わたしが全力でおまえを守ってやる」もう一人はどうやら
この子の母親らしい　彼女も少女に囁きかける「劣等者たちの中にも
立派な人間はいるはず　おまえもそんな一人です　わたしにはちゃんと
わかります」二人が優しく話すほど　少女の表情は　ますます青ざめ
その体はさらにこわばる　この三人の団欒に　思わずあなたは介入する
何を言っても通じないことを承知で　あなたはまたも大声をはりあげる
自らの名前　自らの故郷のこと　自らの信条　どうしていま　この街に
いるのか　なぜこの家を買うのか　自分の全てを　淀みなく語っていく
あなたの言葉のひとつひとつが　晴れ晴れとした気分のあなたを尻目に
空中で次々に　鋭利な武器へとその姿を変えていく　母親らしき人物の
両眼がえぐりとられる　脳が割られる　喉元が水平に一刀両断にされる
父親らしき人物の胸が幾度も刺される　腹が割かれ　性器が切断される
屋敷の床が　血の海と化していくその一方で　仕事を終えた武器たちは
そのまま次々に邸宅のあちこちへと散り　無残な残骸の修復を開始する

壁は往年の美しさを取り戻し　庭園は洗練さを取り戻し　門構えは再び
威厳を湛え　小動物たちは残らず駆逐され　どの家具も　どの調度品も
過去の栄光に　再び照り映える　父親らしき男のでっぷりとした腹から
死産したばかりの胎児が転がり落ちる（そうまでして　女性の気持ちが
わかると訴えたかったのか）皮膚をずるりし剝ぎ取られた　母親らしき
女の顔には　この街の民たちの特徴が濃厚である（そうまでして　この
街の思いがわかると訴えたかったのか）「わたしは 自分自身を棚上げに
するような人間ではない」——自身の来歴と立ち位置を語る　あなたの
口はまったく止まりそうにない　あふれ出る言葉たちが　ついに少女を
襲おうとしたその時　突然　あなたの頭上から　オーロラが降りてくる
とても肌触りのよい　大きな布製のマスクらしきものに　あなたの口が
すっぽり覆われる　あなたの後ろから誰かが手をまわし　それを優しく
おさえる　あなたの耳に　この街の言葉が優しく流れ込む「そろそろ
休んではいかが？　あの木陰で一緒に過ごしませんか」と言っているのか
「あの少女こそ　今のわたし」とでも言っているのか　あなたの内部が
オーロラに導かれるかのように修復されていく　あなたの過去の痕跡は
どれだけ残るのか　あなたという家を買うのは誰か　あなたの眼に涙が

雨の誕生日に彼女は

誕生日の今日　あなたは誰にも会わないと決めて
窓の外の雨音を聴きながら　何も置かれていない
無地のテーブルに独り座り　初めて真剣に　なぜ
自分はこの世に生まれてきたのかと自問している

自問しながら下を向くと　正方形のテーブル上に
うっすらと黒い縦線と横線が何本も浮かび上がり
無数の小さな正方形が　規則正しく　できあがる
その正方形の一つ一つに　とても小さな砂の山が

見えるので　さらに目を凝らすと　それは砂では
なく　どれも言葉の山であり　砂丘の砂のような
きめ細やかな言葉たちは　まるで貴重品のように
各正方形のマス目の中に保管されていて　もはや

何も入っていないマス目は　見当たりそうにない
「いえいえ　それは今だけの話です」という声に
あなたが顔を上げると　誰も座っていないはずの
真向いの椅子に　眼鏡をかけた　髭面の中年男が

腰掛けて微笑んでいる「これらはどれも　私が
あなたに捧げた詩です　あなたが今　ここに在る
その理由を　またこのように　言葉にしましたら
新たにマス目を作って　そこへ保管いたします」

この男は何者なのだろう——と　頬杖つきながら
あなたが遠い記憶をたどっていくと　自分の体の
あちらこちらを　柔らかく　揉みほぐしてくれた
男の手の思い出がよみがえる　その手の持ち主は

よくこう言っていた——「あなたはもっと幸せに
なれるはずの人なのに　どうしてそんなに幸福を
怖がるのか」「説教は要らない」と　あなたが
拒否した男の顔に　眼鏡や髭などあっただろうか

閉じていた目を開けると　無地のテーブル上には
眼鏡と付け髭が　ぽつんと　置かれているだけで
真向いの椅子も　今までと同じく　無人のままだ
跡形もなく消えた　あの縦線と横線の幻を　指で

なぞるあなたは　誕生日の今日　誰にも会わずに
窓の外の雨音を聴いている　新たな言葉の小山を
あなたに見せようと　詩人と称する誰かがここへ
やってきて　目前の椅子に腰かける　その時まで

杖の置き場所

「現代社会の運命を揺るがすような事態が起きた」という
突然の知らせに飛び起きたわたしは　半ば夢心地のままで
素早く服を着替え　朝食も食べずに　家を飛び出したのだ
多くの人々を　不幸のどん底へと落としかねない　昨夜の
事件の現場へと迅速に向かい　速やかな原状回復のために
全力を尽くさねばならない　だからこそ　乗り継ぎなしで
現場まで最速で行くあの特急電車に　飛び乗ったのだった
電車は大草原をひた走り　やがて　荒涼とした海岸沿いに
ぽつんと佇む無人駅へと　だんだん近づいていく　ここを
過ぎれば　あともう数時間で目的地だ　海面の遙か上まで
そそり立っている断崖が　靄の立ち込める中　はるか先に
うっすらと見えて　その突端のあたりには　何やら巨大な
建造物らしきものさえ見える　わたしの後ろの乗客たちが
声を上げる「どうして無人駅にわざわざ停車するのか」
わたしも同じく声を荒げる「これは特急だぞ　いったい
誰のために停まるんだ」ところが　その駅で降りたのは
なぜかわたしだった　わたしだけだったのだ　なぜだろう
なぜわたしは　あの建造物に　かくも魅せられたのだろう
他の客たちの視線が　まるで公道の中央に堂々と置かれた
醜悪な粗大ごみを眺めるかのごとく　ホーム上のわたしを
冷酷に貫く　人影なき改札をとぼとぼと抜けると　そこは
無音の世界だった　無音であるにもかかわらず　なにやら
動乱の予感さえ　まざまざと感じさせるのだ　断崖までの
道のりは　荒野を貫く未舗装の細い一本道だった　歩みを

進めながら　今朝の記憶をあらためて呼び起こしてみると
「あのテクノロジーは結局のところ　万能ではなかった」
「なぜ今まで　使い手の知恵と意思が問われなかったか」
「今回の事件は　従来の全ての法を否定し　その再定義を
迫るものとなる」「我々は本当に助け合えるのだろうか」
といった言葉の数々を　ただ無鉄砲に浴びせられただけで
なぜわたしが現場に直行せねばならないのか　なぜそれが
わたしにしかできぬ任務なのか　一体誰の命令だったのか
もはや思い出せないのだ　目の前の靄がだんだん薄らぐと
ようやく断崖の先端に建っているのが　観覧車だとわかる
それはまだ現役らしく　ゆっくり回り続けてはいるものの
どのゴンドラにも人影は見えない　さらに近づいてみると
観覧車の真下に　墓標らしきものがあった　表面の汚れを
綺麗に拭うと　不思議な言葉が刻まれていた「この星は
惰性で回っているだけで　このままだと止められてしまう
自転を止めに来るのは理性なき脅迫者だ　阻止したければ
簡素に暮らし　無意味で無力な存在を目指せ　そうすれば
君は脅威を超える光源となれる　ただし　君自身はそれに
気づけない　そして　そうなれるのはほんの一瞬だけだ」
墓標の裏側を見てみると　意外なことに　昨夜の大事件の
もともとの原因を作った例の人物の名前が書かれてあって
その出生年と没年もしっかり読み取れたのだった　そこで
初めてわたしは気がついた　ゆっくりと回るこの観覧車も
どうやら墓標の一部らしいのだ　いてもたってもいられず
わたしは　降りてきたゴンドラに飛び乗った　それだけが
たまたまドアが開いていたのだ　そのゴンドラが少しずつ
上昇していくにつれ　地上からは全く想像もできなかった
風景が眼下に広がりはじめる　中でも最も気になったのは

線路を挟んで反対側の荒野に　ぽつんと建っている一軒の
廃館で　そこに向って　何本もの未舗装の細道がまっすぐ
続いているのだ　そしてどの道の上でも　手を繋ぎあった
一組の男女が　ぴったり寄り添うようにして　そろそろと
歩いているのだ　おまけに　どの男女も目隠しをしており
まるで光なき闇の中を　懸命に助け合いながら　手探りで
歩くかのようなのだ　一組ずつ館の中へ吸い込まれていく
その様子を眺めているうちに　わたしの想像力は我知らず
だんだん卑しくなっていく　あの灰色の館には　性交する
男女たちの体臭が　はるか昔から今に至るまで　無秩序に
混ざりあっているのではないだろうか　そしてどの男女も
新たな生命の創造を　許されてはこなかったのではないか
ゴンドラが頂上を過ぎ　男女も細道も館も見えなくなると
ポケットの携帯電話が鳴った　出てみると聞きなれぬ声が
「事件の首謀者らの居場所は　海辺の古い館だ　地元では
『杖の置き場所』と呼ぶらしい　急行せよ」と叫ぶ　だが
ゴンドラのドアが開かないのだ　観覧車が止まらないのだ

いのちの階段

「この老人は（……）深い罪の典型であり本質なのだ　彼は一人
きりでいることを拒む　彼は群衆の人なのだ　追いかけても無駄
なこと　なぜなら彼自身からもその行動からも　なにひとつ学ぶ
べきものはないのだから」　　　　　――ポー「群衆の人」より

カメラを愛する孤独なあなたは　唯一の友たる愛器を両手に持ち
今日も早朝からずっと　このうらぶれた無人駅のホームの片隅に
座り込んでいるのだ　一瞬たりとも　ファインダーから目を離す
ことなく　あなたがじっと見つめる被写体　それは　ホームから
地下へと下る人通りなき石段の　晴れた日でさえ暗い底の辺りを
ホームに独り立ちつくしたまま　微動だにせず　ただひたすらに
じっと見下ろし続けている黒服の老人　夜明け前から真夜中まで
「黒服」は　春も夏も秋も冬も　毎日いつも同じ場所に　いつも
同じ姿勢で立ったまま　一度たりとも座り込むことなく　まるで
古代の彫像のように　ずっと　沈黙を守り続けてばかりいるのだ
なぜ彼は　何年もの間　いつもそうしているのか　この駅の外で
一体　誰とどんな暮らしを営んでいるのか　あなたは知らぬまま
「定点観測」と題して　すでに何百万枚もの「黒服」の立ち姿を
ずっと撮り続けている　あなたがこうした撮影にこだわるのには
もちろん理由がある　あなたの祖父（あるいは祖母）も　そして
あなたの母（あるいは父）も　同じく写真家であった　すなわち
あなたは「三代目」なのだ　「一代目」が追いかけ続けた被写体
それは遙か昔　この国のとある炭鉱で働く一人の老いた坑夫だった
彼は仕事前に　地下の仕事場へと続く深い穴の入り口に独り立ち

真下に続く暗闇を見下ろしながら「今日も生きて帰れるか」と
自問自答を重ね　仕事が終わって無事に地上へ戻ってきた時には
地下へと続く長い階段を改めて振り返っては　感謝の言葉を呟く
そんな毎日だったのだ　その彼の立ち姿を　坑口近くの片隅から
「一代目」は　毎日欠かさず撮り続けた　坑口のすぐ横に大きく
書かれた「厭離穢土」の四文字が　必ず坑夫の後ろに写るように
工夫しながら――「二代目」が生涯にわたって　追いかけ続けた
被写体　それはこれまで　世界のどこにも存在しなかった新しい
宗教を創った一人の老いた聖者で　無人の孤島を手に入れた彼は
自分の教えを信じぬ者たちの上陸をいっさい禁じ　島内に唯一の
丘の上に小さな祭壇をこしらえて　そこに「救う人」という名の
手作りの聖像を安置して　来る日も来る日も　一度も欠かさずに
朝な夕な祈りを捧げていたのだ　そして祈りを終えるたび　彼は
祭壇に立ち尽くしたまま　海辺へと続く長くて急な石段をじっと
無言のまま　しばらく見下ろしていた「救う人は絶対に座らぬ
全ての者を救いきるまでは」――大海原に　そう誓っていたのだ
信者を装い　密かに入島した「二代目」は　聖者のその立ち姿を
来る日も来る日も　祭壇の陰から撮り続けた　実は聖者の来島の
直前まで　島の海辺には　大量のプラスチックが違法に埋められ
続けていた　聖者が多くの弟子らとともに　そのごみから自力で
毒素を加工し　それを使って数年後　国を揺るがすような大罪を
犯そうとは　その時「二代目」は知る由もなかった　聖者は結局
逮捕され　そして遂に処刑された　世間は彼を「救う人」ならぬ
「巣食う人」と非難した　事件を起こす前はたくさんのカメラが
彼の生活を撮影し「真の救い人」として　世間に紹介しようと
躍起になっていたのに――処刑前の彼の最後の言葉は「もうすぐ
無だ」だったらしい　笑いながらそう言ったそうだ――そして今
初めて　あなたの心に　不自然な妄想がわきおこる　あの坑夫は

この国の外から　無理やり連れてこられたのではなかったか――
あの聖者は　この国の外からここへ逃げてきたのではなかったか
――「初代」と「二代目」とわたしのように　坑夫と聖者とあの
ホームの「黒服」もやはり血族なのではないか――なおも撮影を
続けるうちに「黒服」のあのわびしげな背中が　あなたにだけ
そっと囁きかける――「知る」ことばかりに　こだわり続けたら
いつか自分の知識に殺されてしまうぞ　愚かになりなさい　さあ
わたしと一緒に――すると　あなたのファインダーの視界の中に
ふいにひとりの少女が割り込んでくる　何かをぶつぶつと呟いて
いるようだが　その声は　あなたの耳には全く届かない　笑みを
湛えながら　彼女は老人の背中に一心不乱に向かっていき　あと
一歩で　背に触れるというところで　急に振り向きカメラを見る
その口元にズームすると「迎えにきたの」と言っているような
「男はみんな死ねばいい」と言っているような　不確かな動きだ
ついに少女が老人の背に触れる　触れるだけか　それとも激しく
押すのか　厭離穢土――あなたがシャッターを切る瞬間　彼女は

（題辞は巽孝之氏の新潮文庫訳〔2009年〕から一部変更して引用）

パレード

脱ぎ捨てていた下着を再び身に着けながら　女が
男の方を　微笑みつつ振り返ると　美しい彼女の
顔の真ん中で　鼻だけが醜く歪んでいた　彼女の
裸体が徐々に隠れていくのをじっと見つめながら
男は再確認する　彼女と過ごす　この時間だけが
この世でただ一つ信じられる　神秘体験なのだと
彼女さえいてくれれば　まだ俺は　世界に抗って
あえて孤立するだけの勇気を保てるはず　自らに
何度もそう言い聞かせる男の裸体を一瞥しながら
女がおもむろに　例の話をまた始める　これまで
交わったどの男にも　一度はしてきた　あの話だ
「これは私が　子供の頃　とても仲良くしていた
三人の女の子のお話」彼女はその三人のことを
アルファベットで呼びならわした　少女Ａと少女
Ｂは　大人たちがこぞって「一生に一度しかない」
と熱く語る　国中を挙げてのパレードを　ずっと
心待ちにしていた　それは「天帝さま」のお顔を
生で拝める　おそらく唯一の機会であった　Ａの
両親は　この「天帝さま」のことを　「この国に
差別を生みだした悪の源」と決めつけて　密かに
毛嫌いしていた　そんな両親を　物心ついて以来
Ａは密かに軽蔑していた　Ａにとって「天帝」は
全ての国民の心の傷を癒してくれる英雄であった
ありとあらゆる種類の「天帝」の肖像を　手帳に

貼り付け　夜中に独り　それをじっと眺めながら
「天帝さまは私たちのために苦しんでおられる」
と　声にならぬ声で叫び　苦悶の表情の顔写真に
ねっとりとキスをする　それがＡの日課であった
Ｂの父は　Ａが収集に熱狂している「天帝」の
肖像写真の制作を長らく生業にしており　それで
莫大な富を得ていた　彼の会社こそがその業界を
独占していたのだ　彼と結婚したことを　今なお
誇るＢの母は日曜画家であり　家の中の至る所に
自作の「天帝」の肖像画を置いていた　だがＢは
そんな二人を軽蔑していた「天帝さまは　何も
仰らないけれど　私にはわかる　ご自分のことを
利用して　金を儲けている国民や　ご自分の心の
中を想像できないくせに　大騒ぎばかりしている
国民のことを　きっと憎んでおられるに違いない」
一方　少女Ｃはずっと孤独だった　そして彼女は
「天帝」に全く無関心だった　だから　ＡもＢも
Ｃにはただの「天帝狂い」にしか見えなかった
しかし　彼女にできた唯一の友こそＡとＢだった
二人に好かれたいがゆえに　彼女らから「お前も
天帝を愛せ」「さもないと顔を殴る」と言われると
Ｃは従うしかなかった　殴られて　鼻が歪むたび
殴るＡとＢの顔が　Ｃにはいっそう愛しく見えた
パレードの当日　三人はお揃いの血の色の服装で
固く手を握り合いながら「天帝」を待っていた
大観衆の中　その姿を車の窓越しに垣間見たＣは
その顔が男にも女にも見えて驚き　その口が急に
「私を愛せなくてもよい　誰かを深く愛せるなら

それがおまえの天帝だ」と呟くようにさえ見えた
「天帝」がひどく謎めいて見えたＢは　生まれて
初めて強烈に欲情した　「謎は謎のままで愛せ」
という心の声にＢが聴き入っていると　突然Ａが
残る二人を引きずって　「天帝」の車へ突進した
「我らの全ての苦しみのために　もっと苦しんで
下さい」と叫ぶ彼女の手には凶器が握られていた
三人は顔を警備隊に殴られ　ＡとＢの鼻も歪んだ
「すると三人の体はどろどろと溶けて混ざり合い
赤い液体と化して道を汚したの」 話し終えると
女は自分の股間の血を拭き　アイマスクで　男の
両目を塞ぐ「天帝って　一体誰のこと？」と問う
彼の無知を　まるで嘲るかのようだ「心の惑いが
見えてこない？」と言われて欲情した男が　再び
キスを迫る「鼻にならいいわよ　非国民さん」
何も見えぬ彼を抱きしめてやりながら　女はまた
考え込む　国民と非国民の境界は　どこなのかと

点と線

まずは自己紹介から始めます　わたしは詩人でして
ただの「点」に過ぎません　一方　今こうして棺の
中にひっそりと横たわっているこの一本の「線」は
わたしが人生を長らくともに過ごしてきた相手です
わたしはこの「線」から今まで数々の言葉の暴力を
受けてきました　これまで何度も何度も別れようと
思いましたが　ついに今日まで　一緒におりました
「詩など何の役に立つのか？ 世間にとってこれほど
不要で愚かしい労働はないはず！」 黙って熟考中の
わたしの背に　四六時中 「線」は容赦なく罵声を
浴びせておりました　詩を書くことで他人の痛みと
つながり　共感しあい　そしてそれを慰めることが
できると　いくら言い返しても「ただ書くばかりで
何の行動も伴わないなら無意味では？　弱者たちを
慰めれば慰めるほど　弱者がさらに弱くなることを
どうしてまだ悟れずにいるのか？ おまけにどの詩も
固定観念を助長するばかりで　かえって有害だ！」
と　怒鳴り散らされ　わたしの心は傷だらけでした

遺骸となった「線」の安らかな顔をこうして上から
見下ろしながら　わたしは今　あの夜のことを再び
思い出しています　それは「線」の生前最後となる
誕生日会の夜でした　シャンデリアの煌めく豪奢な
宴会場で　もはや飲めない体であるにもかかわらず

ワイングラスを片手に　主賓の「線」は開会の辞を
このように切り出しました「今日はわたしのために
世界中からこれほど多くの紳士淑女がお越し下さり
感激しております　すでに皆さんもご存じのとおり
わたしはこの偉大な国の元首の血筋の　最も正統な
継承者なのですが　その崇高なる正体をあえて隠し
名も偽り　社会の落伍者を長く演じ続けております
とはいえ　わたしのこの高貴なる品性は　なかなか
隠しきれるものではなく　この血筋の匂いに惹かれ
これまで数々の異性がわたしに近づき　その愛人と
なりました　そのうちの一人は　この国が　その昔
植民地にしていたかの国の生まれでした　この国の
他国への侵略の歴史など　わたしには全く無関係な
はずでしたが　わたしの血筋に勘づくや　その人は
わたしを裸にして　手足を固く縛り　わたしの体を
サディスティックに責め立てました　それは甘美な
快楽でした　また　別の愛人はわたしと会うたびに
時間の感覚を失くすと言いました　爆笑が止まらず
何もかもがあまりに美しく見え　わめき叫びながら
死ぬまで走り続けたくなるらしく　『まるで麻薬だ
早く警察に捕まりたい　さもないと　あなたを一生
止められないかも』と言いつつ　わたしとの密会に
マゾヒスティックな歓びをいつも感じておりました
時は流れ　今のわたしの伴侶は　自称『先住民』の
あの詩人です　見てやってください　宮殿のごとき
この会場の片隅で　細胞のごとく　原子核のごとく
トウモロコシの種のごとく佇む　あの小さな姿を」
けれど皆さん　「線」の理想の居場所であったあの

会場に来ていたのは　「線」とわたしの二人だけで
素敵な舞曲が流れてきても　「線」はわたしと一切
踊ろうとはしませんでした　そしていま　宴の場は
棺へと姿を変え　「線」を弔うのはわたしのみです
死者は最後まで知らずにいました　わたしが精霊を
いつでも呼べることを　わたしの詩の中のリズムが
わたしをいつでも　森羅万象と一体化させることを
生前「線」は　欲しくもないパスポートを無理やり
わたしに与え　わたしの居場所を自分勝手に定義し
わたしの詩のことばを「ただのエキゾチシズムだ」と
罵り続けました　その死を幾度も望んだはずなのに
どうして今　この死体が　外国なのに故郷のように
未知の言語なのに母語のように　仇敵なのにいまや
戦友のように思えるのか　シャンデリアの光で涙が
煌めいた瞬間　読者たるあなたの巨大な手が　再び
「点」を伸ばして「線」に替え　「線」を「点」に
戻します　いつもの反転　お決まりの繰り返しです

バリウムとともに去りぬ

壁の向こうから流れてくる野太い声に従って　恐る恐る　独り巨大な台に乗る
乗った途端　わたしは生まれたての赤ん坊となる

「目の前に置いてある青い粉と　コップの中の白濁液を　今すぐ一気に飲み干しなさい」

いざ口に含むと　希望の炎が心にようやく小さく灯る　わたしはまるで
これから意気揚々とCamino de Santiagoに挑戦しようとしている　巡礼初体験者だ

「絶対に途中でげっぷをしてはなりません　準備はいいですか」

けれども　愛を求める熱情の高まりは　そう簡単に抑えられるものではない

「まずは台の上に寝たままで　時計回りの方向へ　体を横向きに一回転させなさい」

所有欲と性欲が　バレリーナのごとく　静かに宙を跳びはじめる

「次はさっきと真反対の方向に　再び体を横へと一回転させなさい」

知識欲と自己顕示欲が　ピエロのごとく　どたどたと歩き出す

「今度は　こちらの壁に背を向けるようにして　台の上で完全に横向きになりなさい」

新たな出会いがひとつあるごとに　新たな別れがまたひとつ増えていく

「頭が下で足が上になるように台を回すので　台の両側の棒をしっかりと握りなさい」

自律していたはずの日々が不意に陰り　自由が揺らぎ　孤独に怯える夜がいよいよ始まる

「前方から棒状のもので胃の辺りを何度かぐいっと押すので　しばらくの間　我慢なさい」

権威を守るためだけのものだった　あの空虚な「武士道」ゲームは　もはやこりごりだ

「これで全て終了です　台から速やかに降りなさい」

はたして　この声は
わが先祖の発している声なのか　それとも　個人を超えた「大義」の声なのか
憎しみを生みだすものも言葉なら　いともたやすく封じられるのも　やはり言葉だ

「後で必ずこの下剤を飲みなさい　さあ　もう帰りなさい」

わたしのからだからいま排出されたばかりの　この真っ白の物体は
新たな命の予兆なのか　それとも　やがて来る滅びの前兆なのか

今後おそらく　わたしの中に見つかるであろう　数々の病たちは
誰かのために喜んで自らを生贄にしようとする
わが青白き忠誠心の顕れなのだろうか　それとも――

受付で精算を済ませていると　後ろからまたあの声がした

「人生でもっとも貴重なのは　独りきりでトイレに行けるということなのだ
おまえにもいつの日か　そう思わざるを得ぬ日々が　間違いなくやってくる」

ミスキャスト

この国の言語はいまだに全くわかりません
けれど私はこの異国で死ぬまで暮らします
仕事？ 再現ドラマの専属俳優をしています
ドキュメンタリー番組の合間によく挿入される　事実再現のドラマ部分を演じています
渡される台本の台詞はさっぱり読めません
ドラマの雰囲気だけを事前に教えてもらい
それなりに演じつつ　適当な言葉を即興で
台詞の長さにちょうど合うように母国語で話します　どうせ最後は　字幕処理ですから
同僚たちも皆　そうしています　彼らとは
古い付き合いです　彼らもこの国の言葉が
全くできません　ですから撮影中は　私の
日本語だけでなく　英仏独や中韓　スペインにペルシャ　百以上の言語が飛び交います
日本で暮らしていた時からこの仕事でした
撮影は週に数回　朝早くから深夜までです
辛くて辞めていく人も　たくさんいますが
私の出演作はもはや数えきれません　けれど　日常生活で気づかれたことはありません
いちばん奇妙だった仕事をひとつ選ぶなら
国家的な公害問題を描いた再現ものの中で
一人で地味な六役を演じたことがあります
悪名高き病気で死んだ子供の解剖後の遺体（手足が取れかけた人形が使われました）を
背負って家路につく親の役　公害被災者へ
「わが街の恥」と罵声を浴びせる市民の役
病気蔓延の責任を曖昧に弁明する責任者役
その責任者に向かって「貴様もあの毒を浴びろ！」と凄む遺族の役　「賠償金も謝罪も

要らぬから私を愛人にして」と　責任者に
哀願する重症者の役　責任者の自宅に突然
押しかけ　そこに居座り　責任者の家族と
やたら親しくなり　「君たちの代わりに病んであげた」と泣き笑いする死者の幽霊の役
どれも端役で　一日で全て撮り終えました
どの役も私なりに迫真の演技をしましたが
あの時の心の混乱ぶりは　忘れられません
責任者の口癖が「Less is more」（少ないほど豊かだ）で　病気の名前が「オドラデク」
という言いづらい外国語だったこともです
ところで　昨日の撮影もとても奇妙でした
大勢の同僚たちとともに　車に乗せられて
スタジオに着くと　用意されていた机の下に潜れと　身振り手振りで指示を受けました
机の下に入って見上げると　上に穴があり
そこから顔だけを出してみると　すぐさま
首から下が布で隠され　頭は箱で隠されて
真っ暗闇の視界の中　即座にどこかへ移動させられました　しばらくすると　目の前が
急に開き　そこには　観客役の俳優たちが
カメラを背にしてスタンバイしていました
掛け声とともに　リハーサルなどないまま
撮影の本番がスタートしました　台本の読めない私たちが　事前に知らされていたのは
「箱の中身を　手探りのみで当てられるか
否か」で　この国で生き残ってよい外人と
そうではない外人を選別していた　過去の
歴史的事実の再現ということだけでした　台詞が一つしかなかった私は　沈黙したまま
顔の左右の穴から　選別される役の俳優の
二本の手が伸びてくるのを待っていました
観客役の俳優らが　与えられた喜怒哀楽の
台詞の文面を各自それなりに想像しながら　自分の母国語でそれぞれ演技し始めました

左右の穴から人間の手がこわごわと侵入し
私の顔に触れ始めると　観客たちの演技は
次第に過剰になりました　彼ら一人一人の
母国語もわからぬ私は　まるで彼らが　公害問題の再現時に私が口にした当時の台詞を
話しているかのような妄想の中にいました
「人類は全てキリスト　みな磔の運命！」
「視野の隅で歯車が回る　私は狂人か？」
「真実はいったん手にすると偽りと化し　手にした者をグロテスクに変えてしまう！」
「君も私もみんな生き生きと死んでいる」
恐怖と興奮の演技の末に　両手の持ち主が
私の役名を叫びました　正解のはずでした
けれど「Less is more」という英語の機械音と　両手の持ち主の断末魔の叫びとともに
箱は再び閉じられ　私はまた闇の中でした
唯一の台詞を　言わねばならなかったので
「他人を殺すくらいなら自殺する」などと
即興で適当な日本語を呟いた　昨日の私の役名は　偶然にも再び「オドラデク」でした

出勤風景

老いぼれ詩人と二人暮らしのあなた　今朝もまた
一心不乱に詩を書いている詩人の背に「それでは
行ってきます」と明るく告げると　羽根を広げる

出勤の途端　あなたはもはや人ではなくオウムだ
新築が立ち並ぶ一本道の東端に位置する自宅から
あなたはその道を飛ばずに歩いて　職場へと急ぐ

あなたの羽毛の色は　昨日までの白ではなく金だ
けれども鶏冠は　いつもと同じく　派手な王冠だ
街の動物園のあの檻で　今日も閉園まで客相手だ

一本道の西端の家から　いつものように鍬を持ち
例の男が道に出てくる　百歳をすでに超えた彼は
コンクリートしかないこの街で　自称「農夫」だ

「こんな時代なので辛いとみんな言うが　こんな
時代だからこそ救われる人もいるんです　そんな
人の声も聴かないと」　農夫のいつもの独り言だ

颯爽と西へ歩むあなた　とぼとぼと東へ歩む農夫
あなたの介護にすがって生きている詩人の口癖を
オウムのあなたは　今日も　鼻歌のように真似る

「音律ノナイ詩ハ駄作ダ」「現実的ナ詩ハ愚カダ」
「詩ニ客観性ハ要ラナイ」「見エヌモノヲ夢想スル
感情　ソレガ詩ダ」「意味ヤ知性ヤ科学ハ不要ダ」

農夫はいつものように　新築の家を一軒一軒訪ね
アスファルトしかない庭を眺めては　「この土は
畑に最適です　お忙しいなら私がお宅の代わりに

無償で耕して差し上げます」と　インターホンに
優しく話しかけるが　応答する家は今日も皆無だ
錆びた鍬が　農夫の足元で鈍い金属音を繰り返す

その昔　この道の裏の用水路で　幼児が溺れた時
あまりの汚水の深さに怖気づく大人たちを尻目に
暗黒へと飛び込み　幼児を救ったのは農夫だった

汚れた紙幣を無邪気に握りしめる幼児を見かけて
「金に付いた黴菌に感染して死ぬのも地獄　金を
捨てて貧乏で死ぬのも地獄」と言ったのも農夫だ

東へと歩む農夫とすれ違う瞬間も　詩人を真似る
あなたの嘴は　止まる気配がない　「コノ宇宙ニ
翻訳不可能ナモノハナイ」「真善美ハ獲得可能ダ」

「神モ仏モタダノ形骸ダ！　ソンナ神仏ヨリモ今ハ
詩ダ！　詩ノ定型コソガ真ノ宗教ダ！」　けれども
詩人がつい先ほど　書き上げたばかりの詩の中に

並んでいるのは　あなたが真似る言葉とはなぜか
まるで正反対な文言ばかりだ　一息ついた詩人の
家のインターホンに　農夫の優しい声が響き渡る

「今日も詩作ですか　世の中の全てが詩になると
おっしゃっていましたが　詩にならぬものだって
あるのではないですか　お書きになる詩はどれも

不気味に終わるそうですが　めでたしめでたしで
素直に終わるのは　そんなにいけないことですか
お宅の畑　私が無償で耕して差し上げましょうか」

誰にも相手にされぬこの農夫が　命の次に大事に
しているのは　一緒に戦争を生き抜いたあの鍬だ
農夫が自宅に戻るころ　あなたの王冠は檻の中だ

霊獣

「もう帰るね」と母に言うと　娘は部屋をそっと後にした
晴れ渡る夏空の下　建物の外に出て　振り返り見上げると
殺風景な一人部屋のベッドから　わざわざ起きてきた母が
ベランダの柵に寄りかかりながら　遙か遠くを眺めている

「そこから何が見えるの」　娘は大声で尋ねようとするが
やめておく　今の母に聴こえるのは自らの声だけだからだ
地図を開き　その上を　指先でなぞるかのような手つきで
母が　中空の見えぬ誰かに叫ぶ「来る　イナゴが来る」

「平凡な日用品が　なぜか大切な人の姿にしか見えない」
そんな疾患がこの世にあるとは　まさか母がそうなるとは
男性週刊誌の棚に隠れ　汚物のごとく売られている女性の
生理用品を見るたび　母はそれを亡父や亡夫と思い込んだ

「それを無理に正してしまうと　別の問題が出てきます」
そんな助言を思い出しながら　娘が再びベランダを見ると
母の独り語りが迫力を増していた「あんな大群だなんて
この無人島での晴耕雨読の日々も　今日でおしまいかも」

「『きっと』『必ず』なんて言い切ってばかりの人生よりも
『たぶん』と言い続けてばかりの人生の方が素敵」　母の
昔の口癖を思い出しつつ立ち尽くす娘　その姿に気づいた
母が叫ぶ「霊獣だ！　疫病退散の霊獣がすぐ下にいる！」

「もう帰るね」 そう言ってあの階上の部屋を去りかけた
数日前　母が急にし始めたあの話が　娘の脳裏にまた蘇る
「足し算と掛け算は　表裏一体の関係だとみんな言うけど
その二つが互いに無関係な場所で　明日は散歩したいな」

「あなたたちにあの獣は殺せない」 ベランダで叫ぶ母の
視線の中で　イナゴの大群は　いつの間にか　獰猛そうな
狩猟用の犬の群れへと姿を変えていた　その後方で　銃を
構える人間には「正常」の定義などもはや無関係らしい

「つながりのないものたちの間につながりを見出してやる
それが人生の醍醐味だ」 生前　亡父や亡祖父が　少女の
自分によくそう言い聞かせていたこと　そしてその後ろで
母が黙ってそれを嘲笑っていたのを　娘はなぜか思い出す

「私とのつながりも嘲笑うの？」と　娘が呟くその一方で
階上の母は　霊獣の雄々しい立ち姿に　まだ見とれていた
巨大な角　隆々たる全身の筋肉　悟りの境地のような両眼
額を狙う銃口をただじっと見つめたまま動かぬ　その姿勢

「さあ　野性と勇気に満ちたその体で　軽々と飛ぶのだ」
心の中でそう叫ぶ母の口元から　だらりと涎が垂れていき
そのまま　真下の娘の頬に着地する　それを拭き取る娘の
指先は　跡継ぎの童顔に自らの血を塗る族長の手のようだ

「もう帰るね」 そう言ってあの部屋を去り　建物を出て
今日のように振り返り見上げた数週間前　母は　上も下も

血のように真っ赤な衣装で独りベランダに出ると　まるで
ロックスターのように指を鳴らし　真っ赤なハイヒールを

「こんなもの履けるか！」とわめきながら蹴り捨て　髪を
かきむしりながら　娘の知らない声で歌いだしたのだった
「あの雲を飛び越えてみせる　夜が来たら　最高の音楽を
あなたに教えてあげる」 小さな体を左右に揺らしながら

「もう何もしてさしあげなくていいのです　ただ　ずっと
そばにいてさしあげればよいのです」 そんな助言を胸に
帰り道　娘があのハイヒールを捜していると　一本の杭に
つながれた飼い犬が　杭の周囲をひたすら駆け回っていた

「そんなに無駄に走ると　おまえと杭をつなぐ紐がよじれ
徐々に短くなり　最後には動けなくなる」 紐のよじれを
緩めてやろうと近づくと　なぜかその犬が　自分みたいで
また振り返ると　相変わらず母は　遙か遠くを眺めている

メタモルフォーゼ

年を取れば取るほど　幼児に逆戻りしていくなんてことが
この世に本当にあるなんて　思ってもみなかったが　実際
自分がそうなってみると　すでに十分に老いていたはずの
彼としても　もはや疑いようがなかった　長らく親しんだ
自らの物心がほぼ消えかけ　世の中の何もかもが　改めて
生まれて初めて見るものばかりとなりかけていた頃　彼は
見知らぬ者から急に　買物に行けと頼まれたのだ　人生で
初めて独りきりで全て行う買物だ　依頼者の顔があまりに
恐怖に囚われていたせいで　それが一体誰なのか　怖くて
尋ねることもできぬまま　彼は外へと飛び出した　しかし
買うべきものが書いてあった大事なメモを　彼は愚かにも
途中で失くすのだ　どうしていいのかわからず　泣き顔の
小さな彼がたたずむ夕方の大通りには　人間の面を被った
獣たちと　獣の面を被った人間たちが　彼の困惑ぶりなど
どこ吹く風のごとく　慌ただしく歩き去るのみだ　夜中の
ライトアップに備え　通りの両側には　様々な色の無数の
豆電球が　あちこちに計画通りに配置されており　この冬
初めての記念すべき点灯の瞬間を　今か今かと待っている
まだ愛が何たるかも知らず　人生の苦しみが何かも知らぬ
彼に思いつけるのは　いったい何を買うべきなのか　眼に
入る歩行者に見境なく　尋ねてまわることだけだ　まるで
セカンドオピニオンを求め　病院という病院を訪ねまわる
難病患者のようにあてどなく歩道を進むと　広場で数名の
男女が真剣な顔つきで話しあっているので　勇気を出して

尋ねようと近づいてみると　彼らの一人が「いまもっとも
必要なのは自己啓発だ」と言い切る　すると　別の一人が
「いや　歴史の修正だ」と言い切る　さらに　別の誰かが
「いや　敵を論破するための言葉の数々だ」と言い　彼に
目配せをするので　どこでそんなものを買えばいいのかと
幼い彼はさらに混乱してしまう　そもそも　買物のための
金はもらっていただろうかと思い　ポケットの中を探るが
財布も硬貨も紙幣も見つからない　買物を頼んだあの人が
別れ際に言った言葉を　彼は思い出す「これはおまえの
ための買い物ではない　今から死ぬまで　おまえはずっと
他人のためにしか買い物ができぬ運命だ　そして見返りは
常に何も与えられぬままだ　もしおまえが死んだら　別の
誰かが　おまえのあとを継ぐのだ　命ある限り努力せよ」
そう言って　あの人は　見えなくなるまで　彼にむかって
手を振り続けてくれた　なのに　どうしてお金がないのだ
困惑のあまり涙を流す彼の頭を　誰かの大きな手が優しく
なでる「わたしも泣きたい気分だ」手の持ち主が語る
「わが最愛の人の名前や出自や経歴が全て嘘だったことを
その人が死んでから　ようやく知ったのだ　一体あの人は
誰だったのだろう　結局　私の愛は何を知っていたのか」
何を買うべきか　この人なら知っているかもと思い　彼が
見上げると　手の持ち主はもう消えていて　彼の額に涙が
一滴落ちている　その微小な雫の中に　全宇宙のあらゆる
生き物が平和に共存共栄しているとは知る由もなく　額を
さっと拭う彼の無邪気な姿を　反対側の歩道から見ていた
半獣半人の一人が　怪訝そうに仲間に呟く「可哀そうに
あの奇形ぶりは優生学的に見ても問題だ　まるで見世物だ
輸血か隔離か断種か整形　または機械化が必要だ」彼は

ショーウインドウに映る自分の姿に　獣らしさが全くない
ことにやっと気づく　その横を　ライトアップの始まりを
告げる宣伝車が走り去る「今年の光の世界には　生命の
神秘が映し出されます」夜の街を彼がぐるりと見渡すと
多彩な色の光たちが舞踏のごとく波打つ中に　ほんの一瞬
花のごとき形が見える　実は単なる錯覚でしかないのだが
彼はそれを「花」だと信じるのだ　秒単位で若返っていく
彼の心の中で　それは「千年に一度しか咲かぬ花」と化し
「咲いた瞬間すぐ枯れる」運命と化す　その運命に導かれ
「花」は再び闇に沈む　ああ　頼まれていたのはあの花か
彼はそう信じたまま　幼児から胎児へ　そして　ついには
胎児から受精卵へと戻る　このまま彼は消えてしまうのか
あるいは再び老人へと戻り　老人からまた受精卵　そして
受精卵からまた老人へと　永久に繰り返すのか　それとも
彼自身があの花となるのか　正解を　どこかに隠したまま
イルミネーションは続く　朝日が再び地平線を染めるまで

足跡

この世のどこか片隅に　なにもしゃべらぬ絵描きがいる
古ぼけた小屋の片隅で　今日も彼は自画像を描いている
それはどれも掌に乗るサイズの絵で　黒い帽子に黒い服
表情はひどくぼやけていて　幕の上がった舞台になぜか
ただ立ち尽くしている彼自身の姿だ　そんな絵ばかりが

何百も　床に散らばっている小屋の小窓から　絵描きは
再び　うっすら雪の積もった路面を見つめる　そこには
今日も誰かの足跡がある　誰のものだろう　彼は今日も
半人半馬の幼女の天使を想像する　バレエのダンサーの
ように舞い踊りながら　天使が歌う「なぜ人は不変を

夢見るのか　なぜ　変化を禁ずるものに怒れないのか」
天使の君こそが　まず率先して怒るべきではないのか？
そう言いたくなる心を抑え　先ほど描き始めたばかりの
自画像の体を　彼が黒く塗り始めると　ぼやけたままの
その顔から「わたしには声にならない悲しみがある」

という声が漏れる　すると　床いっぱいに散らばる他の
自画像たちからも「わたしもだ！」という声があがる
集中力を乱された絵描きが　再び窓の外の路面を見ると
歴史から消えた者の残り香のごとき　新たな足跡がある
これは半人半牛の若い女の天使だと　絵描きは想像する

恋愛中のような顔でその天使が嘆く「虐げられている
者たちはなぜあんなにも黙っているのか　どうして誰も
怒りを相手にぶつけないのか」天使の君こそが　まず
率先して怒るべきではないのか？　と言いたくなる心を
再び抑えて　ちょうどいま　帽子を黒く塗ったばかりの

自画像を　絵描きが見つめ直すと　曖昧な容貌から再び
声がする「声にならない悲しみというやつは　悲しむ
本人からするりと抜け出して　ある日突然　幽霊の姿で
本人を惑わせに来るというが　わたしの悲しみは　まだ
一度も　幽霊の姿で　わたしを惑わせに来たことがない

一体どうしてだ」すると再び床から「わたしもだ！」
という声が一斉にあがる　その哀れさから逃れるように
絵描きが再び外を見ると　蹄のような足跡が　彼のいる
小屋の方へ向かって少しずつ増えている　もしやこれは
一角獣のものかも　そう彼は想像してみる　柔和な顔で

純白の獣が美しく嘶く「この街の動物たちはどうして
人間たちに飼われ　好き勝手に扱われ　時に犠牲になり
そして最後は　人間のやり方で葬られていくのか　なぜ
もっと怒らないのか」一角獣の君こそがまず率先して
怒るべきではないのか？　思わずそう言いそうになった

絵描きの掌の上で　完成間近の自画像がまた嘆き始める
「わたしには　声にならない悲しみがある　それなのに
わたしを創り出そうとしているこの男にだけは　なぜか
この悲しみがちゃんと憑依してくれないのだ　なぜだ」

再び床一面から「わたしもそうだ！」の大合唱が起こる

窓をこつこつと叩く音に驚き　絵描きがそちらを見ると
老いた女の天使が　真冬にもかかわらず　砂漠の女王の
ごとき半裸のいでたちで　彼に何かささやきかけている
窓に遮られてよく聞こえないが「早く私を抱きしめて
ほしい」と訴えている様子だ　絵描きが初めて声を出す

「自分を殺した者に　もはや怒れない死者たちのことを
冷笑している君は間違っている　君こそがまず怒れ！」

窓を叩き続ける天使の両目には　預言者の首を欲しがる
遙か昔のかの踊子の色香が浮かぶ　その手には一角獣の
角のごとき鋭利な何かが光る「一度だけ抱いて下さい
でも子供は作りません　世界が真に平和になるまでは」
小屋の壁という壁を飾るのは　彼女を描いた無数の絵だ

ありきたりなオムレツ

愛し合う前に　彼女は必ずオムレツを二人分つくり
彼と一緒に食べる　その時の彼の口癖は「外見で
君を判断などしない」すると彼女は　いつも黙る

今日も彼女は　いつものように下ごしらえを始める
まず彼を裸にし　首　胸　腹　両腕両足　手足の指
股間　足裏　踵　尻　全ての穴を綺麗に水洗いする

肩からきれいに外された白い両腕が　まな板の上で
巧みに微塵切りされていく間　彼は思う「料理も
英語も下手だが　彼女を劣等扱いしたりはしない」

自由を求めて叫ぶ群衆と　彼らを制裁する警官隊の
姿がテレビに映る「見た目が怪しくても　暴徒は
美しい」両目がえぐられて　彼から映像が消える

微塵切りされた両腕の総量は　二人だけではとても
食べきれないほどだ　残った分は　食料不足に悩む
人々へ寄付すると語る彼女の表情はいたって真剣だ

彼女が彼の両足を　力を込めて根元からもぎ取ると
どんな敵でも無条件に歓待できそうな　忘れていた
あの感情が　彼の心の奥底に久しぶりによみがえる

両足の毛を全て綺麗に取り除き　太腿から爪先まで
細かく角切りにすると　二人前の量をボールに入れ
微塵切りされた両手や　潰しておいた両目と混ぜる

首や胸や腹を今日も使うつもりかし　彼が尋ねると
「いちおう洗ってはみたけれど　食道も肺も胃腸も
前回　綺麗すぎてまずかったから　今日はやめる」

手足と両目をなくした痛みがようやく体を駆け巡る
呻く口にタオルが押し込まれる　おかげでいつもの
「自分の弱さを認める強さを持とう」だの 「僕の

前では化粧くらいしてほしい」だのといった口癖も
明瞭には言えなくなる 「無償の愛なんて作り話ね
このオムレツもその証拠の一つ」 そう言いながら

彼女が彼の股間に触れる　これまで未使用の具材だ
「孤独こそが幸福の源だと　あなたはよく言うけど
それならこの部位こそが　その最大の障害かもね」

意識が遠のけば遠のくほど　あの上品でまろやかな
味への期待感が　彼の中で高まる　過去を全て忘れ
今この瞬間だけに生きていること　その罪の意識に

思わず涎が出そうになる　下ごしらえが完了すると
彼女は彼の涎と涙を　油代わりにフライパンに引き
卵の準備に取りかかる　例の金属製の細長い器具が

いつものように彼の肛門に挿入され　二人前の卵が
掻き出されていく間　彼の心に　あの新奇な感情が
また芽吹く　それは責任からの自由と　自責の念と

自己否定が複雑に混ざったもので　言葉にしづらく
「人は誰でも　望まれてこの世に生まれてくるって
よく聞くけど本当かな」と　思わず言おうとするが

それもタオルで声にならない　いま自分は殺されて
いるのか　生かされているのか　この姿を見下ろす
彼女の眼の中で　ちゃんと自分は「男らしい」と

映っているか　あるいは「可愛い」と映っているか
痛みが絶頂に達した瞬間　彼女が「完成！」と叫ぶ
食事の後は濃密な愛の時間だ　激痛の中　彼は笑う

この国のどこかで

誰かが深夜の窓を激しく叩き　「隣が火事だ」と私に警告する
警告者は私の熟睡を不安視しているようだが　私は起きている

寝そべる私の隣に誰かが横たわっている　その人も寝ていない
見知らぬその人が急に私に尋ねる　「死ぬ間際に何を願うか」

「もうすぐ燃え移るぞ」と叫ぶ警告者の声に　別の声が混じる
「正義は我らにある　戦いは避けたかったが　かくなる上は」

火事など嘘だ　いつもと変わらぬ夜だ　だが煙が侵入してくる
本当は熟睡しつつ夢を見ているのかも　だが煙は偽りなく煙だ

死ぬ間際に私は何を願うだろうか　煙の流れが二つに分かれる
黒い煙が屈強な男の体に　白い煙が妖しい女体に　見えてくる

男のマッチョイズムと女のエロチシズムを私は羨望し興奮する
いつの間にか　私は古びたカメラ片手に　彼らの裸体に近づく

「あなたは長らく一睡もしていない」と　隣の人物が苦笑する
「私の体が激しく痙攣する原因を想像できないのはそのせい」

窓の外で「この炎を共に消し　共に戦おう」という声があがる
そんな嘘には決して騙されないと思いつつ　騙されそうな　私

正体が煙だと知りながら　私の肉眼は　男の美しい筋肉に酔い
女の裸の奥へと分け入るが　いざ撮影となると　話は別だった

「私は目が見えず　歩くことも立つことも座ることもできぬ」
そう言いながら涎を垂らす隣の人物の微笑が　あまりに美しい

ファインダーから覗くと　どの裸体も蠅の大群に覆われている
実物がちゃんと撮れているのか　私は気になって仕方なくなる

窓の外では　今度は慇懃無礼な別の声が　謝罪の弁を連呼中だ
「見舞金は出しますので　過去の責任の追及はやめて下さい」

ねじれた紐のごとき体が　這いずりながら私にさらに寄り添う
「全てを奪われた今の私　もともとあなたは私と一つだった」

このカメラは今まで　どんな被写体に出会ってきたのだろうか
煙の乱入が激しくなる　男女の裸が消え　別の風景が浮上する

新たな風景の中で　私の子供たちが　私を一心ににらみつける
吸い込むのを躊躇したくなる大気の中　森羅万象がひび割れる

隣の人物の体から蜜があふれる　涎まみれの麻痺した口が開く
「この蜜に誘われて　私との共生を夢見る者はいまだに多い」

「あれは不慮の事故なのか」と子供たちが問う　どう答えよう
「この苦しみが遺伝なら　責任を取ってくれ」どう答えよう

窓がいっそう激しく叩かれる「早く起きろ　逃げ遅れるぞ」

それとは別の声が明るく宣言する　「和解の儀式の開始です」

私の子供たちの後ろに　地平線まで延々と続く一本道が見える
その道の上には　見知らぬ子供たちの列がどこまでも続いている

「生き物の子育てに愛があるなんて考えるのは　ただの幻想」
蜜まみれの体はそう言うと　変身中の私の肉体をじっと眺める

フラダンスのリズムが窓を震わせる　和解の儀式はにぎやかだ
「科学に停滞なし」という声もする　どれも観光用の味付けだ

蜜に溺れる蠅のように　私も眠りに溺れるのか　「あなたは今
亀　甲羅の中で冬眠中の亀」　隣の肉体がそう言って痙攣する

路上の子供らは全員　私の名を不本意に継いだまま　動かない
首を伸ばして窓の外を見るべきか否か　甲羅の中で　亀は迷う

白い火　青い火

満天の冬の星空の下で　あなたは焚火の炎を　独り黙って
じっと見つめている　見つめはじめてから　もう何時間が
経ったことだろう　風の冷たさも忘れ　時おり襲ってくる
睡魔にも耐え　あなたはこまめに薪を投げ入れては　炎を
まるでわが子のように大切に守り続けている　先ほどまで
あなたの隣では　「宿なし」だと自称する老人が　同じく
この炎をじっと眺めていたが「わたしが守ってきたこの
火は　この辺で君に譲るとしよう　それにしても　いまの
世の中ほど　思いやりのない場所はないな」と言い残し
闇の中へと静かに去っていった　そして今　燃え盛る炎の
真ん中あたりに　境界線のごとき奇妙な曲線がうねうねと
浮かび上がる　あなたが眼を凝らすと　この曲線によって
焚火の炎は次第に二つに分裂し　右の白い炎は人間の形に
そして　左の青い炎は　植物のごとき形へと変わっていく
どちらの炎も　自らの分身を増殖させながら　一方は右へ
もう一方は左へと　闇の中を燃え広がっていく　あなたは
全てを消火すべく　慌てて立ち上がろうとするが　ずっと
服用している抗鬱剤のかいもなく　いつものごとく　体が
思うように動いてくれないのだ　増殖をひたすら繰り返し
やがて白い炎は　本物の人間に変身する　そして今　北の
とある街の寂しい路上に　彼は一人ぼっちで　ぼんやりと
立っている　彼の目前には踏切があり　特急電車の通過を
警告する音声が流れはじめている　遮断機が下りはじめる
にもかかわらず　遮断機を無視して　ひとりのよぼよぼの

老人が　牛歩のごとき歩みで　線路内へと侵入しはじめる
はるか向こうには　猛牛のごとく突進してくる特急電車の
姿が見える「早くそこから離れて」――炎から生まれた
男がそう叫ぶと　そちらへ振り向いた老人の顔が　なぜか
ピエロそっくりの化粧と表情なのだ　その顔から　奇妙な
笑いとともに　聞いたこともないような戯れ歌が流れ出る
「民主主義だとこの国ゃ滅ぶ　民主主義など捨てちまえ」
「民主主義とは何たるものか　知りもしないで粋がるな」
いま助けに行かないともう間に合わない――同じく増殖を
繰り返し　やがて青い炎は　本物の花となり　誰かの手で
引き抜かれて　英雄たち専用の　南の街の霊園に飾られる
どの墓も詣でる者はもはやなく　時は冷酷に経ち　やがて
墓石は苔むして　雨風にすっかり浸食され　刻まれていた
名前さえ判読不能となってしまう　そしてある時　全ての
墓石が誰かの手で引き抜かれて　墓石専用の捨て場所へと
ひっそり運ばれていくのだ　そこに捨てられている無数の
墓石は　どれもみな同じ形で　同じように苔むし　同じく
雨風に浸食され　判読不能な碑文ばかり　この墓の墓場を
いま　ひとりの若い女が　牛歩のごとき歩みで　さまよう
どうやら　この墓石の海の中から　ひとつを選び出そうと
している様子だ　聞いたこともないような戯れ歌が　その
口からこぼれる「わが祖なくしてこの身はおらぬ　誰が
捨てたか　あの墓を」「いずこより来て　いずこへ去るか
知りもしないで粋がるな」無論　彼女が探しているのは
はるか昔　炎から生まれたあの花によって　飾られていた
あの墓石だ――電車はもう目の前なのに　道化姿の老人は
誰かの罪を背負うかのように　レール上で小休止している
白い炎から生まれた男が　救助に行くべきか否か　なおも

遮断機の前で躊躇していると　老人がくるりと振り向いて
彼の顔をじっと見つめはじめる　老人の眼球上に映る炎を
男は見逃さなかった　それはちろちろ燃える青い炎だった
「誰からも所有されず　何も所有しない　それこそが真の
所有だ！」 そう叫ぶ老人の肉体を　特急電車が全速力で
飲み込んでいく──墓石を求めてさまよう女のうしろから
無表情のガードマンがひたひたと迫り　彼女の肩をつかむ
「ここは立ち入り禁止です！」 連れ出されていく彼女の
眼球上で白い炎がちろちろ燃える 「機械扱いはもう嫌！
また必ず戻ってくる！」と叫ぶ彼女の肉体が　闇の中へと
呑み込まれていく中　彼女と出会い損ねた　あの墓石から
再び　青い炎がぽっと灯り　自らの分身を増殖させながら
再び左へ左へと燃え広がっていく　老人を助け損ねた男の
心臓からは　白い炎が灯り　自らの分身を増殖させながら
再び右へ右へと燃え広がる　やがて二色の炎は再び出会い
互いに愛し合い　ヒトの胎児を宿す　成人の後　放浪の末
「宿なし」となったその人はいま　満天の冬の星空の下だ

選択肢だらけの夜

はるか昔に暮らしていたあの路地へ　久しぶりに　戻ってみるべきか否か
今夜の最初の選択肢はこれだった　悩んだ挙句　私は「戻る」を選択した
戻ってみると　路地のいちばん奥には　当時そのままの喫茶店がいまだに
営業をしていて　あの頃つきあっていた女性との初めてのデートが　この
店だったことを思い出し　入ってみるべきか否か悩んだ挙句「入る」を
選び　客なき店内で　あのとき彼女と二人きりで座ったテーブルを捜すと
当時のままの配置だったのですぐわかり　さっそく座って　注文しようと
メニューを探していると　テーブルの反対側の無人の椅子が静かに引かれ
あの頃の彼女が　当時の慎み深さをかなぐり捨てて　私の眼をしっかりと
直視しながら「わたしを本当に愛しているのか否か」と問うてきたので
今度ばかりはなぜかすぐに選ぶことができず　悩んでいると　店の主人が
満席の客たち全員に向かい「いつものあの人がもうすぐやってきますが
このまま店内にお残りになりますか　それとも　お帰りになられますか」
と急に問うので　事態をよく飲み込めぬまま　周囲を見渡すと　どの客も
全く動揺することなくそのまま飲食を続けているので　残ることにすると
ぼろぼろの服を着たひとりの老人男性が　ゆったりとした足取りで入店し
ぼろぼろの帽子をうやうやしく取って　店の主人に向って深く一礼すると
まるで王様のように　全ての客をゆっくりと見渡してから　話しはじめた
「みなさん　今日も私の話を聞こうと　ここまで遠路はるばる　ようこそ
お集まりくださいました　いつも全く同じ話で　誠に恐縮ではありますが
かくも期待してもらっているからには　今日も頑張って語らせて頂きます
拍手をどうもありがとうございます　今日も盛り上がってまいりましょう
とうとう妻を亡くしてしまいました　子供もみな出ていってしまいました
親も死んでしまい　親族とも疎遠となり　友人もみなこの世を去りました

妻が死んだ病院は　この路地のすぐ裏　私の家の目の前に建っていますが
そこの女医さんも　妻が死んだその翌日に　自ら命をお絶ちになりました
独りのままでいるのは死ぬことよりも恐ろしいので　藁にもすがる思いで
これまで一言もしゃべったことのなかったご近所の方々と仲良くなろうと
初めて公民館でのご近所全員の集まりに行った日の話です　ご近所は全員
独りきりで暮らしておられる男性ばかり　そして皆さん　お医者さんです
会合の冒頭『仲間に入れて頂きたい』とご挨拶をしたところ『今から
面接試験を行う』と言われまして　だだっ広い部屋へすぐに連れていかれ
全員に取り囲まれました　怯えておりますと『臓器移植に賛成か否か』
とふいに問われました　迷っておりますと『新鮮な臓器の提供がないと
生存が危うくなるメンバーがこの中に出てきた場合　喜んで自分の身体を
捧げることができるか否か』と続けて尋ねられました『否』と答えれば
入会はどうやら危うそうだと思い　小さな声で『できます』と答えると
『あの女医の婆さんは　たしかあの時　この質問でもう不合格でしたね』
という声が　薄笑いとともに上がりました　あとで知った話ですが　この
お医者さんたち　実はご自身は　移植に協力する意思など全くなく　私が
『医者ではない』という理由のみで　この私だけに犠牲を強いたのでした
ああ　ここで笑ってくださり　ありがとうございます　今日のお客さんは
みなさん優しい方々ばかりで　とても嬉しいです　面接はまだ続きました
次の質問は『男同士の性交渉を喜んで受け入れることができるか否か』
でした　答えを再び迷っておりますと『もしかして差別主義者なのか』
『少数者の立場を軽んじながらこれまで生きてきたのか』と　矢継ぎ早に
ヤジが飛んできました　入会のためなら嘘をついても構わないと心に決め
再び『できます』と答えると『死んだ奥さんがあの世で泣いてるぞ』と
嘲る声が出る一方で　私の体を品定めするかのごとくじっくりと見つめる
欲望の視線をちらほら感じました　最後の質問は『われわれの目の前で
奥さんの遺影を踏めるか否か』というものでした　迷いましたが仕方なく
私は裸足で彼女の顔を踏みました　晴れて合格となった私は　腕に七桁の

番号を入れ墨されました　その昔　ナチスがユダヤの人たちを捕まえては
その腕に入れ墨していたという　囚人番号のことを　ふと思い出しました
ちなみにその番号は　偶然にも　このお店の電話番号とまったく同じです
おかげさまで　今は素晴らしい仲間のおかげで　毎日が祝祭のようです」
そう言って　再び深々と一礼する男の半袖の両腕には　どこにも番号など
入れ墨されてはいなかった　おまけに彼が話している間　店内の客はみな
彼などどこにもいないかのごとく　終始　無視の態度を崩さぬままだった
まるで仲間の医者たちを見つめるかのように　店内を涙目で再び見渡すと
ぼろぼろの服の上からぼりぼり体を掻きむしりながら　老人は出ていった
彼女と店を出たあと　路地のすぐ裏手を歩いていると　女医がいたという
病院はすでに取り壊されて　廃墟と化しており　先ほどの老人がただ独り
瓦礫の山に話しかけていた「おまえのためにきっと再建してやるからな
次は内科がいいか　それとも外科か　産科か　精神科か　どれがいい？」
「あらためて聞くけど　わたしを本当に愛しているのか」と問うた彼女も
もうすでにこの世にはなく　店はすでに開店休業のようで店主の姿もなく
誰も注文を取りに来ない中　私は冗談半分に　今夜最後の選択肢を自らに
投げてみる「私にも知らぬ間に　番号が刻まれていたりするのか否か」

棒とマスク

皆さんの最後の居場所になりたくて　こうしてドアを開けて待っています
この青空ですら　すでに我々のものではなくなってしまった
誰もまだ来てはくれないけれど　鍵をかけずに独りでずっと待っています
どこへ逃げても無駄か　境界線を封鎖したところで無意味か

この青空ですら　すでに我々のものではなくなってしまった
この一本の棒さえ握っていれば　真っ暗闇の中でも全速力で奴を追えます
どこへ逃げても無駄か　境界線を封鎖したところで無意味か
境界線の内側でまだ怯えている皆さんの代わりに　私が奴と闘いましょう

この一本の棒さえ握っていれば　真っ暗闇の中でも全速力で奴を追えます
今なお猛威をふるい続ける　あの見えない悪魔の正体は何だ
境界線の内側でまだ怯えている皆さんの代わりに　私が奴と闘いましょう
境界の外のあの男に処理は任せて　我々はマスク姿で待機だ

今なお猛威をふるい続ける　あの見えない悪魔の正体は何だ
ただし闘う前に　奴が人間の心の持ち主か否か　尋ねなければいけません
境界の外のあの男に処理は任せて　我々はマスク姿で待機だ
人の心を持たぬようなら殺します　持っているようなら殺さずにおきます

ただし闘う前に　奴が人間の心の持ち主か否か　尋ねなければいけません
彼が悪魔に負ければ我々も破滅だ　だがもし彼が勝ったなら
人の心を持たぬようなら殺します　持っているようなら殺さずにおきます
まずは英雄扱いし　それから狂人扱いして　最後は処刑する

彼が悪魔に負ければ我々も破滅だ　だがもし彼が勝ったなら
尋ねてみたのですが　返答がなかったので　この手で撲殺しておきました
まずは英雄扱いし　それから狂人扱いして　最後は処刑する
これで無制限の静けさです　始めも終わりも忘れて生きることができます

尋ねてみたのですが　返答がなかったので　この手で撲殺しておきました
「代弁者」や「愛国者」を気取るあの男の罪を許してしまうと
これで無制限の静けさです　始めも終わりも忘れて生きることができます
我々までもが「優生思想」の持ち主のように誤解されてしまう

「代弁者」や「愛国者」を気取るあの男の罪を許してしまうと
不法滞在は私が罰します　とはいえ　死に顔だけは綺麗にしてやりました
我々までもが「優生思想」の持ち主のように誤解されてしまう
奴の死を泣くものがいるようなら　その心の傷も癒してあげるつもりです

不法滞在は私が罰します　とはいえ　死に顔だけは綺麗にしてやりました
「殺した」という情報が　根拠なき噂や誤報であったとしても
奴の死を泣くものがいるようなら　その心の傷も癒してあげるつもりです
処刑してやれば　あの男もソクラテスになれる　本望だろう

「殺した」という情報が　根拠なき噂や誤報であったとしても
なぜ皆さんは不法な者を金で雇い　自分の贅沢のための行列に並ばせたり
処刑してやれば　あの男もソクラテスになれる　本望だろう
人の心の有無を調べる私の正直さを疑い　命を狙おうとまでするのですか

なぜ皆さんは不法な者を金で雇い　自分の贅沢のための行列に並ばせたり
見えぬ悪魔の死がもし嘘で　接ぎ木でのみ増える桜のごとく

人の心の有無を調べる私の正直さを疑い　命を狙おうとまでするのですか
再び悪魔が我々とつながり　さらに花を咲かせようとしたら

見えぬ悪魔の死がもし嘘で　接ぎ木でのみ増える桜のごとく
最大の被害者は私？ 奴と私は同類？ 皆さんは人間の心をお持ちなのですか
再び悪魔が我々とつながり　さらに花を咲かせようとしたら
奴が無言で「心はある」と答えたのを　まさか棒が誤読したのでしょうか

最大の被害者は私？ 奴と私は同類？ 皆さんは人間の心をお持ちなのですか
その場合は　処刑後にあの男の血を皆で舐め　その傷を耕し
奴が無言で「心はある」と答えたのを　まさか棒が誤読したのでしょうか
それを免疫に　善も悪も忘れて　無の境地にしばし溺れよう

その場合は　処刑後にあの男の血を皆で舐め　その傷を耕し
皆さんの最後の居場所になりたくて　こうしてドアを開けて待っています
それを免疫に　善も悪も忘れて　無の境地にしばし溺れよう
誰もまだ来てはくれないけれど　鍵をかけずに独りでずっと待っています

慣れてしまえば

こんなにも他人を深く憎んだのは　生まれて初めてだった
これが殺意というやつか　怒りで全身が　固まったままだ
そんなわたしのただならぬ姿に　罪の意識を抱いたらしく
わたしの中の憎悪の念が　わたしの最愛の人の姿を借りて
今夜ふいに現れたのだった　自らの足元を睨みつけたまま
全く動かずにいるわたしのそばに静かに座ると　憎しみは
わたしをまる裸にし　わたしの手足を固く縛り　わたしの
体のありとあらゆる敏感な部分を　くすぐりはじめたのだ
あまりの激しさに　わたしは悶え　のたうち　涙を流して
げらげらと笑い崩れたが　くすぐりが止む気配は全くない
逃げ場を失くしたわたしの体は　まるで芋虫のようだった
「もう誰も憎んだりしない　だから頼むから止めてくれ」
息絶え絶えにそう叫びつつ　失神していくわたしの脳裏に
ぼんやり浮かんできたのは　朝まだ暗いうちから　黙々と
ごみ置き場で独り働いている　若い清掃業者の姿であった
彼の持ち場は　夜に灯がともる家が　たった一軒しかない
とある島の鄙びた集落で　住人が去った廃屋群の一角には
「十字架を尊ぶ者たちと尊ばない者たちの争いから　さあ
今すぐ逃げ出すのだ」という落書きがあり　ごみ置き場の
隅では「逃げるのではない　巡礼の旅に出るのだ」という
殴り書きがもはや消えかけている　唯一ここに残っている
あの家の住人は　どうやら独り暮らしらしかった　しかし
清掃業者は　長らくここで働いているものの　まだ一度も
その住人に遭遇したことがない　それどころか　彼がこの

集落の担当に決まった日　ここはすでに今の姿だったのだ
とはいえ毎朝　この最後の住人の家からは　大量のごみが
放出されるので　手伝ってくれる仲間がいない清掃業者は
いつも汗だくだった　様々な種類の高価な楽器が　一挙に
捨てられていたこともあった「まるでオーケストラだ」
清掃業者は思わず嘆いた　大量の新鮮な食材が　未開封の
まま　一挙に捨てられていたこともあった　まるで一種の
抗議行動のようだった　それだけではない　極上の香りを
集落全体に漂わせる　高価なコーヒー豆が　大きな藁製の
袋に入ったまま　捨てられていたこともあった　恍惚感に
酔いしれながら　清掃業者が袋の中をいちおう確認すると
その奥底には　空のスプレー缶が　何十本も隠してあって
袋を捨てた人間の静かな殺意が　清掃業者の戦慄を誘った
資源ごみの回収日に　大量の手紙の束が一挙に捨てられて
いたこともあった　その一枚には　子供のような手書きで
「あなたがいてくれて本当によかった」と　書いてあった
いったいどんな奴なのか　清掃業者の脳裏に　この最後の
住人の室内での様子が　まるで　呪術によって召喚された
亡霊のように　ぼんやりと浮かんできた　住人は十字架に
唾を吐きかけては　それを愛おしそうに　布で磨いていた
真夜中の窓からは　灯台の光が　かすかに差し込んでくる
その光に向かって　住人が優しくこう話しかける「また
君たちか　いつも屋根伝いに遊びに来てくれてありがとう
こんな遅くに家を抜け出してきて　お父さんもお母さんも
今ごろ心配しているんじゃない？　私以外のここの住人は
みな殺されたと聞いてたけど　君たちは無事だったんだね
そんなに私のことが心配かい？　大丈夫さ　死人みたいに
見えるかもしれないけれど　孤独死なんて絶対しないから

ところで　なぜいつも　君らはそんな仮面をつけてるの？
まるで悶え　のたうち　涙を流してげらげらと笑い崩れて
いるかのような仮面だね――今日もやっぱり無口なんだね
それでは今夜は　まだ幼い君たちに　私からこんな言葉を
贈ることにしよう――ご両親のことを　ずっと敬うんだよ
それから　大人の真似をして　人殺しや　盗みや　隣人の
家をむさぼったりしてはいけないよ――それから――私の
名前をあちこちで口にしないようにね」――ある朝　例の
ごみ置き場に「一億円を寄付します」と書かれた巨大な
袋が捨てられる　清掃業者の心は躍る　しかしその傍には
奇妙な表情の仮面が大量に捨てられてもいた　まさか袋の
中身は幼児の死体では――「他人に歓ばれることこそ真の
歓び」と囁きつつ　まるで何かを償おうとするかのように
最愛の人がわたしの裸体をなおもくすぐり続ける　しかし
もうすっかり慣れたせいで　心がまったく　躍らないのだ
清掃業者も灯台の光も　もはや靄の中なのだ　最愛の人が
残念そうに元の姿に戻る　そしてわたしの体内にまた戻る

沈痛の市

この激しい痛みがわたしをはじめて襲ったのは　十歳の時
その時なぜか　幼いながらに「誰も助けてはくれない」
と悟ったわたしは　周囲の者に一言も打ち明けることなく
医者にも薬にも頼らず　ひとり耐えることにしたのだった
唯一の心の支えは　膝の上に置き　飽かず眺めた　球形の
スノードームだった　その透明のガラスの中では　粉雪が
舞う冬の蚤の市の様子が　細部に至るまで　とても精巧に
再現されていた　コートやマフラーでしっかりと身を包み
ぶらぶらと行き交う客たち　そして　何百もの商人たちが
むやみな呼び込みなどいっさいせずに　ただ　とめどなく
目の前を通り過ぎてゆく群衆の様子を　無言のままじっと
見つめている　彼らがそれぞれ何を売ろうとしているのか
その一つ一つを　ガラス越しにじっと眺めるたび　十歳の
わたしは我を忘れ　痛みからも　なぜか解放されたような
気になれるのだった　あの頃とりわけ気に入っていたのは
真上から見ると　巨大な円のごとき蚤の市の　東の片隅に
ひっそりと佇む一人の老婆で　彼女が売るのは　何十年も
前の古い絵本ばかりだった　商売などもはやどこ吹く風で
彼女は椅子に座ると　売り物の絵本を一冊ずつ　過ぎゆく
客たちへ向けて読み聞かせていく　彼女がもっとも好きな
絵本の主人公は　百歳を超えてもなお　自らの子孫たちを
率いて大海原を移動していく雌のシャチだった　この雌の
配偶者は　はるか昔にこの世を去っていた　この雌だけが
神から「死ぬまで生み続けよ」と命じられ　一族を従えて

世界の海を　縦横無尽に泳ぎ続けているのだった　老婆の
歌うような朗読は　耳を貸そうとする者がいないがゆえに
なおいっそう愛が深まるかのようだった　それから十年の
月日が流れて　わたしの生活もあれこれと移り変わったが
この激しい痛みだけは　変わることなく　断続的に続いた
辛くて思わずうずくまるたびに　わたしの視線は　本棚で
うっすら輝いている　あのスノードームへと即座に転じた
蚤の市の西の隅には　雲に届くかと思うほど　高く伸びた
クレーンの先から　何かを吊り上げるための細いロープが
垂れていたが　なぜそこに設置されているのか　誰も全く
気に留めてないらしかった　商人の一人がそこで売るのは
汚い身なりの幼い孤児たちで　表の立て看板には「絶滅が
危惧されている可哀相な人種です　彼らの魅力は　沈黙と
そしてこの笑顔です」と書いてある　裕福そうな客たちが
立ち止まり　商人に侮蔑的な視線を送ると　にこにこ顔の
孤児たちには　好奇の視線を投げかける　しかし　彼らが
商人と商談を始めるいなや　孤児たちはすかさず　笑顔と
沈黙から解放されて　互いにひそひそと密談を始めるのだ
この風景のおかげで　二十歳のわたしはどれだけ痛みから
救われたことか　そしてまた十年があっという間に過ぎた
痛みは相変わらず　わたしの中にあった　スノードームの
北の隅で　全く同じ古い仮面を何百枚も売っている商人の
姿が　その頃のわたしのいちばんの鎮痛剤であった　その
仮面は　ある方角から見ると鬼婆に　別の方角から見ると
ルオーが好んで描いた　あの聖顔のようで　商人の説明は
決まっていつも同じらしかった「愛する者と　この世で
再会することを願っている死者の笑顔なんです」それが
わたしには　戦場の只中で「平和時よりも今の方が　逆に

健康的かもしれない」と囁き　苦笑する　ミイラのごとく
やせた敗残兵の顔に思えてならなかった　それからさらに
何十年もの年月が　あっという間に流れていった　様々な
人々が　わたしの前を次々と過ぎていったが　この痛みと
あのスノードームだけは　片時も離れずそばにいた　痛い
ああ　痛い痛い痛い痛い痛い痛い　今日もまた　わたしは
ガラスの中の一角　南の隅のあの商人の姿を飽かず眺める
そこで売られているものは二種類あって　ひとつは無数の
詩篇であり　もうひとつは冬空に輝くスノードームである
一人の客が立ち止る　そして　商人と値段交渉をはじめる
商人の言いぐさはおそらくこうだ「存亡の危機に瀕した
ものなら何でも治してしまう万能薬　それが詩なんです」
客が手にした詩篇には「死が消えるのは死ぬ時だけだ」
とあり　スノードームの中では　痛みに顔を歪める人々の
上で粉雪が舞う　この客がわたしだとしたら　クレーンが
無邪気な悪魔のごとく動きだし　蚤の市の全てを　高々と
吊り上げていく　客が買物を終える　すると細いロープが

鎮静の河

部屋から出てきたのは　皺だらけの男と　皺だらけの女だ
互いの手を固く握り合いながら　二人はうなだれたままだ
部屋の中で二人は厳しく裁かれた　彼らを裁いたのはあの
「最高権力者」だ「次世代に英知を伝える情熱と愛情が
足りない」ことを理由に　二人はとうとう「人間失格」の
烙印を押されたのだった　しばらく見つめ合った後　男が
「忘れられそうか」と問うと　女が首を横に振る「では
気晴らしにゲームでもするか」と男は提案し　おもむろに
その日の気温と湿度を手帳に書き込む　女にそれを見せると
男は手帳を閉じて鞄にしまいこむ「はたしてこの二つの
数値を　この詩の最終行まで覚えていられるかな」男が
笑うと　女もにこりと笑う　何であろうと　即座に忘れて
しまう人間にすでになっていることを　二人は互いによく
承知しているからだ　部屋に入る前に　男は昨日見た夢を
女に話して聞かせたが　話した本人も聞いた彼女もそれを
もはや覚えていない　それはこんな夢だ　ひとりの老婆が
死の床にいて　その周りを大勢の女たちが取り囲んでいる
彼女たちにとって老婆はこの世で唯一の聖なる存在であり
彼女の聖なる教えは「最高権力者」の残虐な弾圧の陰で
この集落だけで長らく密かに信仰され続けていた　それは
「男という野蛮な生き物には　決して関わってはならぬ」
という教えだった　信徒の女たち一同から「母さま」と
呼ばれるこの老婆が「象徴として生きるというのは　誠に
難儀なお務めだ」という最期の言葉を　ようやく口にした

まさにその時　若き信徒のひとりが　気づかれないように
そっと死の部屋を抜け出し走り出す「母さまが　もっと
早く死んでくれていたなら　もっと早くから　この自由を
味わえていたのに」そう考えながら　逃亡奴隷のように
懸命に走る彼女の目的地は　愛する男の待つ場所　しかし
その家が近づくにつれて　彼女は今の自由が急に怖くなる
「母さまが元気なままでいたなら　こんな危険を冒さずに
済んだはずなのに」この女にとって老婆は　もう一人の
彼女自身なのか　あるいは　彼女ではない彼女自身なのか
忘れ去られたこの夢は　河のように流れ流れ　皺だらけの
女が昨日見たあの夢へとつながる　部屋へ入る前に　女は
皺だらけの男にその夢を話して聞かせたが　話した本人も
聞かされた彼も　もはや内容を覚えていない　こんな夢だ
走ることはおろか　歩く元気すら失いつつある　ひとりの
女乞食が　ぼろぼろになった女の子の人形を　腕に抱えて
「最高権力者」と呼ばれて久しい人物の大邸宅の目の前に
じっと座り込んでいる　彼女はなんと数千キロの道のりを
徒歩のみで独り放浪してきたのだった　その旅のさなかに
彼女はあちこちで身ごもったが　出産するたびにその子を
置き去りにしてきた　そしていま　彼女の脳裏には　亡き
母の遺言だけがこだまする「世の中の中心には何もない」
「国にも神にも頼ってはいけない」死のみが永遠なのか
滅びることのみが不滅なのか　独り言を呟く彼女の脳裏に
今度は昔の男たちが現れる　どの男も　彼女自身ではなく
彼女の苦しみだけを愛し　まるで彼女を　実の娘のように
愛撫していた　ああ　血のつながりなど　もうたくさんだ
ああ　今のこの私こそ　人生でもっとも美しい私なのかも
しれない　そう口にした瞬間　彼女の鉄の心が　にわかに

酸化しはじめる　そして錆びはじめる　まるで鉄が　元の
鉄鉱石の安定した姿へと　自然に戻ろうとするかのように
心のみならず　肉体までが錆びていく中　彼女はようやく
望んでいた深い鎮静の河へと落ちていく　ぼろぼろの女の
子の人形も　同じく河に運ばれて　やがて海へと流れ着く
この海辺の気温と湿度が　鞄の中のあの二つの数値と全く
同じだとしたら？　手帳のことなどすっかり忘れて　二人は
家へと帰りはじめる　とはいえ　同じ家に帰るのではない
さっきまで固く握りあっていた手を離して　二人は別々の
世界へと帰っていくのだ　そして　その合間にも　誰かの
名前がまた呼ばれ　別の皺だらけの男と女が　互いの手を
固く握りあったまま　あの部屋へと静かに入っていくのだ

ここでようやくこの詩も終わるわけだが　最後にあなたに
言っておかねばならないことがある　あなたは　この詩が
全て日本語のみで書かれていると　信じ込んではいないか
だとしたら　あなたもまた　あの深い河の中に沈んでいる

百貨店にて

今日はこの街でも　慰霊祭が大々的に執り行われているらしい
ずっと待ってくれている恋人のもとへ急いで向かうべく　男が
下りのエレベーターが来るのをしばらく待っていると　同じく
エレベーターを待っているらしき　別の男たちの集団が　同じ
Ｔシャツを一斉に着ており　胸の辺りには大きく「わたしたち
LGBTQ ですけど　それが何か？」と書かれてあって　それを
ぼんやり眺めながらなお待っていると　ようやく次が来たので
乗ってみると迂闊にも　それは最上階までどの階にも止まらぬ
上りのエレベーターで　おまけにあまりの混みようで　もはや
彼以外にはもう誰も乗れないほどだ　仕方なく男が目を閉じて
息を殺し　恋人と最後に会った日を思い出していると　ドアに
くっつくようにして立っていた彼の　ちょうど反対側にあたる
後方の壁あたりから　ぎゅうぎゅう詰めの沈黙を破り　嗄れた
老女のごとき声が不意に上がった　「鳩があんなにもたくさん
飛んでる　式典が始まったのね」　このエレベーターは　実は
ドアが透明なガラスのみでできており　男の目の前では各階の
売り場の様子がめくるめくようなスピードで移り変わっていき
反対側の壁も透明なガラスでできていて　街が一望できるのだ
靴売り場の賑わいが　男の目前をさっと過ぎていこうとした時
さっきの声が「敗戦直後は地獄でした」とつぶやいて　まるで
音楽を奏でるように語り始めた　「私はあの子と満員の汽車に
乗っていました　ここみたいにぎゅうぎゅう詰めで　私と娘は
ドアのそばに小さくなっておりました　軍人の夫が　戦地から
帰ってくる気配はいっこうになく　親子二人きり　こんなにも

貧乏で　もう死んでもいいかしらと　心の中で彼に尋ね続けて
おりました　走る汽車はおんぼろで　ドアは簡単に開きそうで
娘を汽車から突き落とすことは造作ないことでした　そのとき
娘は拾ったビラ紙に　ちびた鉛筆で一心不乱に　むかし父親が
買ってくれた靴の絵を　ずっと描き続けておりました」男は
その声を聴きながら　恋人が先日話してくれた「黒猫」という
アメリカの古い短編小説のことを思い出していた「主人公が
妻と飼い猫を斧で殺したあと　壁に死体を二つとも塗りこめて
隠してしまうんだけど　なぜか壁から　猫の声が聞こえてきて
おかげで事件は露見してしまい　主人公は死刑になってしまう」
エレベーターが　寝具売り場の階を過ぎていく　老女の語りは
なお続く「先日　義母の夢枕に　夫が出てきたのだそうです
軍靴の歩む音が聴こえたかと思うと　誰かが家の戸を叩くので
まさか夢とは思わず義母が開けてやると　ずぶ濡れの軍服姿で
夫が立っているのです『息子よ　よくぞ帰った』と　義母が
抱きしめようと駆け寄ると　彼がぼそりと『堕落する勇気が
もっとあればおそらく生き残れたのですが　母さん　済まない』
と言ったそうです　そこで夢も終わったそうです　ああ　なぜ
私の夢枕には一度も立ってくれなかったのだろう　悔しいです」
男はようやく気づく　エレベーターに乗っている人たちは　皆
この国の人間ではなさそうだ　この国は　この人たちの祖国と
はるか昔　敵同士ではなかったか　憎しみあっていなかったか
ネイルサロンのある階が　目の前を過ぎていく「夫の戦死の
知らせが国から届きましたが　国の言うことなど　もはや誰が
信じるものですか　それからはずっと赤貧の日々で　生まれて
初めて工場で働いたりもしました　そこで機械に手を挟まれて」
声がする方向に　男が懸命に顔を向けると　皺だらけの両手が
人ごみの上に弱々しく突き出されており　そこには一本も指が

なかった「妻子ある工場主の男に　肉体関係を迫られまして
もちろん激しく拒んだのですが　賃金をもっと出すと言われて
泣く泣く体を預けてしまいました　奥さんからは『泥棒猫』
『夫とおまえを　斧で叩き殺してやりたい』と言われました」
最上階にやっと到着し　男がドアから出ると　残りの人たちも
みな一斉に降りたが　老女らしき姿はどこにもなくて　ドアが
閉まりはじめると　反対側のガラス窓に向かって　一羽の鳩が
突進してきた　そのまま激しく窓に衝突すると　血に染まった
窓に向かって「私のところにも来てくれたのね　ありがとう」
と声がした　まるで壁の中に塗り込めるかのように　その声と
鳩の死体を　ドアが隠していく「あなたたちに降りる自由が
与えられているように　私には降りない自由が与えられている」
最上階には　さっき下で見たあのLGBTQのシャツを着ている
女性の一群がおり　そのシャツの背中側には「ストレートの
あなたにも　カミングアウトすべきこと　あるんじゃない？」
と書かれてあり　彼女らがぼそりと「あの男　エレベーターで
さっきからずっと登ったり降りたりしてる　頭おかしい人？」
と話す中で　男はじっと　下りのエレベーターが開くのを待つ

ユニバーサルデザイン

あなたを主役にした奇妙な夢の世界から　やっと目を覚ますと
わたしは自らが「一匹の巨大な毒虫」などではなく　なぜか
とてつもなく巨大な　世界有数の　コンベンションセンターに
変わっていることを発見した　真夜中過ぎのこの建物は　いま
完全に無人であり　灯も全て消えており　まさに暗黒の世界だ
いまから二週間前　ここでは　最先端の生命科学の研究成果を
紹介する　世界的な見本市が開催され　連日　大混雑であった
そして　いまから一週間前には　新旧さまざまな　世界各地の
宗教の教祖たちの崇高さを今に伝える　無数の展示品が　この
センターを埋め尽くし　これまた多くの客で賑わっていたのだ
しかしいま　このブラックホールのごとき大伽藍に身を置くと
当時のあの喧騒が　まるでただの幻でしかなかったかのようだ
やがて遠くから足音が聞こえ　同じ服を着た数名の人間たちが
どたどたと館内に侵入してくる　全ての灯がつけられ　巨大な
空間の全貌が露わになる　彼らは　明日からの見本市のための
搬入作業を行う係員たちだ　過去の全ての見本市も　もちろん
彼らが準備した　そして　それらが終了するやいなや　一夜の
うちに全てを速やかに撤去し　このセンターを完全に空っぽに
してしまった　それが彼らの業務であり　長く続く日常なのだ
搬入チームのリーダーが部下たち全員を集め　こう呼びかける
「すでにみんなもわかっている通り　明日から始まる見本市は
もはや使用されることのなくなった　この国のありとあらゆる
旧式の公衆電話ボックスを　全国から一堂に集めて　展示する
過去に例を見ない斬新なイベントです　会場に運び込む予定の

電話ボックスの形や重量はまちまちであり　その数はあまりに
膨大ですが　初日の開場時刻までには　搬入はおろか　全ての
設営を絶対に終えねばなりません　死ぬ気で頑張りましょう」
このリーダーの姿にわたしは見覚えがあった　それははるか昔
まだ幼かったわたしが　生まれて初めて「孤独」というものを
知った頃　いつも抱いて一緒に寝ていた　人形そっくりだった
その人形は全裸の老婆で　顔はあまりに醜く　わたしが手荒く
扱いすぎたせいで　体もあちこちぼろぼろだったが　しなびた
二つの乳首の辺りには　母乳が滴るかのごとく　ガラスの粒が
幾つかはめこまれており　無邪気なわたしは　その人形を常に
「女神さま」と呼んでいた　リーダーの話が終わると　作業は
速やかに始まり　全ては淡々と機械的に進行し　夜が明ける頃
無事に予定通り終了した　空虚でしかなかった広大なフロアは
ドミノのごとく立ち並ぶ　無人の電話ボックスたちで　いまや
埋め尽くされていた　来場者ひとりひとりに配布される予定の
資料には「未来の愛のためのユニバーサルデザイン」という
言葉が躍る　どうやらそれがこの見本市のタイトルらしかった
開場時刻が近づくと　どの電話ボックスにも介助者が一人ずつ
配置された　来場者がどんな人であろうと　そして　来場者が
どの電話ボックスを選ぼうと　常に平等に　支障なく　通話が
できるようになっております……と自慢げに話すリーダーの
声が会場内に響く　だがよく見ると　どのボックスの電話線も
途中で切断されたままなのだ　こんな奇妙な見本市にわざわざ
やってきて　こんな中古の電話ごときを面白おかしく弄ぶ暇な
人間などこの世にいるはずがない……わたしの予想に反して
初日から入場者が殺到した　障害者も幼児連れも性的少数者も
高齢者も難病患者も外国人もいた　生者のみならず死者もいた
どの来場者も　わたしの過去の人生に　関わった人たちばかり

だった　介助者の手を借りながら　彼らが次々と通話を始める
受話器に吐き出す彼らの言葉のひとつひとつが　わたしの耳に
流れ込む「もしもし　死後の人生を一緒に歩んでくれる人を
探しているのですが　どこにおりますでしょうか」「もしもし
この世にはまだ　信じて大丈夫なものがありますでしょうか」
「もしもし　最愛の人を亡くしたばかりなのですが　今どこで
誰に生まれ変わっておりますでしょうか」「自分の身代わりと
なって死んでくれそうな生き物はどこで買えますか」「人肉を
食べて生きているような気がするのですが　病気でしょうか」
見本市最終日の真夜中　再び集まった撤収チーム全員の容貌は
なぜか皆あなたの顔だった　そういえば　あの介助者たちも皆
あなただった気がする　リーダーの背中のジッパーが半開きで
そこから中を覗くと　ただの空洞であった　会場の外へ次々に
運び出されていく電話ボックスは　上へ上へと積み重ねられて
気づくといつの間にか　ガラス製の大聖堂のようにさえ見えた
それに石油をかけて　燃やそうとしているのは　母乳のごとき
ガラスの粒を舌で転がしながら笑う　もう一人のわたしだった

ハッピーバースデイ

「この横断歩道を渡って　早く家に帰ろう」 独り暮らしの
あなたは　信号が変わるのを待ちながら　自分に語りかける
今日はあなたの誕生日　だが　それを共に祝う人間はいない
あなたは今朝　たくさんの赤い薔薇を買い　それらを花瓶に
活けてから家を出てきた　だから今年の誕生日は　今までの
ように独りきりではなく　あの薔薇たちとともに過ごすのだ
あなたが渡ろうとしている横断歩道のそばにも　たくさんの
赤い薔薇が供えられている　この横断歩道で　先日　一人の
歩行者が信号無視の車にはねられて亡くなったのだ「何も
悪いことをしていない人を　なぜ天は　こうも苦しめ　なぜ
ずっと黙ったままでいるのか」という誰かの声が　あなたの
右から聞こえてくる　すると左から「どんな生き物だって
増えすぎたら間引きせねばならぬ　探して殺して　その肉を
食う　それが我らの仕事だ」という声もする　こんな都会に
まさか狩人がいるとは　あなたがそう驚くと同時に　信号が
ようやく青に変わる　蟻の大群のような歩行者たちとともに
渡りはじめたあなたを　横断歩道のちょうど真ん中あたりで
誰かが呼び止める　立ち止まって振り返ると　一羽の美しい
フラミンゴが　片足を上げたまま　じっとあなたを見ている
片足で立ったまま水辺に長く佇むことに　まだ慣れていない
愚かな仲間を　まるで蔑んでいるかのような眼だ「ここを
あなたのように歩いていたら　急にこの姿になったのです」
鳥が桃色の翼を優雅に広げる「するとなんだか　長かった
苛酷な収容所生活から　ようやく解放されたみたいなのです

収容所にいたことなど　それまで一度もなかったはずなのに」
横断歩道のど真ん中で静止したままのあなたの横を　無数の
蟻たちが黙ったまま通り過ぎていく　まるでユダを無視して
立ち去っていく　敬虔なキリスト教徒たちのような顔つきだ
「これほどの自由をせっかく得たというのに　全く　喜びの
気持ちが湧かないのです」　フラミンゴが少し首をかしげる
「強制収容所にいたわけでもないのに　私はこの姿になる前
大切なものをたくさん奪われ続けていました　周囲には死が
満ちていましたが　それがあまりに日常と化していたせいか
私は　見て見ぬふりをずっと続けていました　何かにひどく
飢えてもいました　奇跡的に生き残れたのは　心の拠り所が
一つあったからでした　ところが今　自由を得たというのに
当時の私の苦悩を真面目に聞いてくれる者はどこにもおらず
心の拠り所にしていたものは　すでに世界から失われていて
あの日々にもちゃんと意味はあったと　承認してくれる者は
いまだに不在のままです」　見上げると青空には　何百もの
フラミンゴの大群が　一糸乱れず流れるように旋回している
その先頭を切る　王のごとき桃色の鳥が口を開く　「地上に
降りた者よ　気をつけろ　再びおまえを監禁すべく　凶暴な
あの監視人たちが近づいてきているぞ」　歩行者用の信号が
青から赤へ変わりつつある　横断歩道にはあなたと鳥だけだ
アクセルを再び踏む瞬間を　今か今かと待つ　様々な車たち
ハンドルを握る人間たちを見つめながら　あなたの同伴者が
片足立ちのまま溜息をつく　「彼らも昔は囚人だったのかも
けれど　彼らの中にも善なるものはいるはずなのだ　我らの
中にも悪はやはりあるはずなのだ」　信号がいよいよ変わる
あなたと鳥の存在に構うことなく　車の群れが突進してくる
何かを破壊し片付けることだけが　唯一つのカタルシスへの

道であるかのようだ　手足を縛られて荒波に突き落とされた
殉教者のごとく　あなたが声なき悲鳴を上げると　とたんに
桃色の翼があなたの目前で大きく広がり　迫りくる暴力から
あなたを守る盾となる　鳥の命を救わねばと　あなたが翼を
思い切り引くと　翼は根元からちぎれ　鳥の体が崩れ落ちる
命がけで救おうとしたせいで　その命を逆に危うくする皮肉
フラミンゴの華奢な体が　車につぶされる　まさにその瞬間
「遠慮なく私を踏みなさい」という声と「あなたは今すぐ
群れに戻りなさい」という別の声がして　気づくとあなたは
無事に横断歩道を渡り終えている　そこにもたくさんの赤い
薔薇が供えられていて　誰が詠んだか　一首の短歌がそこに
添えられている「こうべ垂れ水まつ薔薇の一群は信うすき
世にわれを待つなり」あなたの右隣から声がする「この
薔薇もいつかはゴミになるのだが　人の心はゴミでわかる」
左隣からも声がする「人生に無駄な経験などない　たとえ
それがいかに些細で平凡な行為であろうとも」冗談半分に
片足立ちするあなたを眺めるのは　枯れ始めた花たちだけだ

密の味

あなたとわたしは　体に触れ合うことをもはや許されていない
触れ合えば　お互いの肉体を破壊するどころか　社会に大きな
混乱を招きかねないと　権力者たちが一斉に禁じてきたからだ

そこで二人は　長らく「役に立たぬ」と言われ続けてきた力を
用いて　二人にしかできぬ秘密の密接行為を始めることにした
まず　わたしの頭頂から　どこにも実在しない一本の　巨樹が

伸び　緑の若葉を思い切り繁らせて　大地に大きな影をつくる
すると　あなたの背中が縦に割れ　そこから　毛がふさふさの
愛くるしい顔をした四足の獣が現れ　のそのそと巨樹に近寄る

獣と巨樹の他には誰もおらぬ　水を飲む習性も汗をかく習慣も
ない　この獣の唯一の食べ物は　猛毒を持つこの巨樹の若葉だ
幹にしがみつき　枝から枝へと這い　毒まみれの葉を貪る獣の

おかげで　巨樹はみるみる丸裸にされていく　わたしにはその
姿こそが　わたしだけの真実の言葉のごとく見えるのだ　一方
毒まみれになった獣は　消化のため　そして体温を下げるため

死者のごとく冷たい巨樹の幹を　懸命に抱えたまま　半永久の
眠りにつく　食べる葉はここにはもう一枚もなく　他に頼れる
樹木はもはやどこにもなく　あなたの体へ戻る術もないままに

あなたとわたしは　体に触れ合うことをもはや許されていない
接触せぬままなら　もはや生きているとは言えないはずなのに
直に触れ合ってなくても　結局は間接的に触れ合っているのに

今度はわたしの中の誰かと　あなたの中の誰かが呼び出されて
くじを引けと命じられる　全ての国民が引かされているくじだ
国家滅亡を回避するための生贄と　その生贄を殺す者の二人が

これで決まる　わたしたちが選ばれたのは本当に偶然のせいか
それとも嫉妬ゆえの陰謀のせいか　差別ゆえの不公平のせいか
今回はわたしがあなたを殺すが　次回はきっと役割が逆だろう

儀式のクライマックスを見守る群衆を背にしながら　あなたの
首に手をかけると　この不条理が二人を驚くほど冷静にさせる
この絶望まみれの連帯に　もはやヒロイズムなど全く必要ない

誰にも責任をなすりつけることなく　ただあなただけを見つめ
両手に力を込めると　背後の群衆は　もはやどこかに消え去り
二人だけの歓びが　空間を垂直に分かち　同時に　水平に覆う

あなたとわたしは　体に触れ合うことをもはや許されていない
わたしたちの接触を許さない人たちは　きっと　自らの不安が
収まるやいなや　わたしたちのことなど　忘れてしまうだろう

二人の秘密の行為はなおも続く　若々しく溌剌としたあなたと
わたしは　スポットライトを一身に浴びつつ　ダンスフロアの
中央に立つ　チャビー・チェッカーの歌う Let's Twist Again が

大音響で流れはじめると　二人は軽やかにツイストを踊りだす
「去年の夏のようにまた踊ろう　回って回ってアップ　ダウン
さあ　もう一度」 体をくねらせながら　互いに近づくたびに

二人の間の遠さが身に染みる　両手を左右に激しく振りながら
離れ合うたびに　二人の間の近さがまざまざと痛感されていく
汗まみれの自分のこの姿を　夢の中で　じっと眺めているのは

昏睡状態で横たわる　老いさらばえた　骸骨のごときわたしだ
そしてそのすぐ隣では　老いさらばえた骸骨のごときあなたが
同じく昏睡状態のまま　わたしの手をぎゅっと握っているのだ

あなたとわたしは　体に触れ合うことをもはや許されていない
それでも別に構わない　二人のこの秘密の行為に　終わりなど
全くないし　たとえ全てが幻でも　もう十分　幸せなのだから

水を抜く

あなたを出産した日のことで　わたしがいちばん
覚えているのは　両眼を閉じて　激痛に耐えつつ
必死でいきんでいた時　瞼の裏側の闇の向こうに
ほのかに浮かんできた　空っぽの棺の幻のことだ

「死者に扮して　この中にいちど寝てみては？」
わたしをそう気安く促したあの声は　もしかして
あなたではなかったか　棺に寝るとすぐに　蓋が
固く閉じられて　さらに深い闇となったその先に

今度は　老いさらばえた未来のあなたの姿があり
今から独りでどこへ行くのかと問うと　あなたは
「今からあそこの水を全て抜きに行く」と言った
あなたとともに鬱蒼とした森を抜けると　そこは

不法投棄された廃棄物の山が延々と連なる野原で
水などどこにもないのに　あなたはなぜかそこを
「沼」と呼んだ「この黒々と濁る水を全て抜き
水底をきれいにしてやれば　昔の姿にまた戻る」

そう言うとあなたは　水抜き用の栓を探し始めた
あるはずのないものを懸命に探しつつ「沼」の
来歴を説明してくれさえした　はるか昔　そこは
からからに乾いた窪地で　いまの水底の辺りには

異なる二つの民が互いを蔑みながら　隣りあって
暮らしていたらしい　一方の民は　自己愛が強く
過去を懐かしんでばかり　そしてもう一方の民は
自由と自立を偏愛し　まるで無政府主義的だった

やがて　憎悪は頂点に達し　二つの民はお互いを
殺しあった　被害者は加害者となり　そしてまた
被害者となった　それからしばらくしてのことだ
黒い水が窪地に流れ込み　ここを沼に変えたのは

徐々に濡れていきながら　生き残った二つの民は
互いを許し「友」と呼び始めたという　それは
本当に自発的な選択だったのか　いかなる葛藤が
各々にあったのか　老いたあなたの説明によれば

「乾いたガラス同士は接着しないが　水滴を一つ
表面に落としてやるだけですぐに接着する　心の
闇同士にも同じことが起こる」のだという　彼ら
生き残りたちは　窪地の水没後　魚へと姿を変え

一方の民は在来種　もう一方の民は外来種として
平和的に共存中らしいのだが　外来種が在来種の
生態系を破壊するのはもはや常識ではなかったか
それよりも　この廃棄物の山はどこから来たのか

誰が捨てにくるのか　なぜずっとこのままなのか
あなたはここを「沼」と呼ぶが　見る人によって

ここの名は自在に変わるのかもしれぬ　廃棄物の
投棄場に見えているのは　わたしだけかもしれぬ

老いたあなたは　不在の沼の栓をまだ探していた
仮にその栓が本当にあり　いま抜かれたとしたら
何が水底に見つかるというのか　親に捨てられた
幼児か　成人した子に捨てられた老親か　日常を

惑わせる非日常か　非日常を退屈に変える日常か
「まず見つかるのは魚たちだ」とあなたは言った
「ヒトの言語にもはや縛られない彼らは　文字に
できない声で歌い　その歌のみで通じ合うのだ」

「さあ今から栓を抜くぞ！」という大声とともに
棺の蓋がゆっくり開いて　激痛がまた襲ってきた
早く会いたいようでなぜか会うのが怖い　そんな
思いで眼を開けた時　あなたは生まれたのだった

水仙の咲く街角

世界的スーパースターだったスポーツ選手が　引退会見で
「遠回りすればするほど理想に近づけるのだ」と言うのを
聞いたあなたは深く感動し　さっそく　朝の日課の散歩の
コースを今日は大幅に変えて　普段しない遠回りを選んだ
軽く汗ばみながら歩くあなたの　前方に見えてきた　あの
見覚えなき曲がり角を　もしやあなたは曲がるのだろうか
もし曲がるなら　曲がったその先に出現する光景を　いま
前もって教えておこう　実はひとりの男性が　歩道の隅で
仰向けに倒れているのだ　彼を助けようとする者は皆無で
救急車が呼ばれた気配もない　心臓をぎゅっと押さえつつ
真っ青な顔に苦悶の表情をありありと浮かべながら　男は
声にならない声で呻くばかりだ　彼はこの国の者ではない
祖国を遠く離れて　この国のとある詩人を研究するために
わざわざ留学してきた文学者の卵である　その詩人の名を
あなたは聞いたことなどあるまい　なぜなら　その詩人の
作品は　現在すべて読めない形になっているのだ　膨大な
数にのぼる詩人の作品群のいったい何が　この国の歴代の
支配者たちにそれほどまでの不安と恐怖を　長きにわたり
与え続けてきたのか　それこそが男の研究テーマであった
彼の留学人生は　無名かつ危険なこの詩人の作品を　全て
何とか発掘し　その偉業に史上初めて光を当てるとともに
知られざるその人生の歴史を　誕生から謎の死に至るまで
何もかも明らかにすることに　全て捧げられてきた　彼は
誰とも付き合わず　寝食を忘れ　ひたすら仕事に没頭した

同国人の留学仲間たちからは　「人間嫌い」と軽蔑された
おまけに　あなたを含むこの国の人間全てが　「支配者の
スパイ」のように見えて　全く信じることができず　結局
彼はあくまで　究極の孤独を選んだのだ　そうすることで
かの詩人の究極の孤独と　文学者たる自分自身の人生とを
ぴったり重ね合わせられるはずだと　信じきっていたのだ
しかしそれは甘い考えだった　詩人の生を知れば知るほど
彼は自分自身と詩人との間に越えがたい距離を感じたのだ
運よく発掘できた詩を読めば読むほど　詩人の口が耳元で
「おまえはただの寄生虫」「私なしには何も言えぬ臆病者」
「おまえの研究論文の中で私の詩は牙を抜かれ　いずれは
為政者たちの慰みものと化していくのだ　おまえは罪人だ」
——と囁く声がたえずして　やがて男は眠れぬ体となった
あの詩人が命がけで詩に託した　あの抗議の声は　決して
この国に留まる話ではなく　わたしの母国にもあてはまる
ことなのに——なぜ人間は目前の問題にしか怒れないのか
——なぜ我々は「全ては幻だ」の一言で思考を止めるのか
——なぜ我々は「無用なもの」の有用性に背を向けるのか
——なぜ我々は「数字」を神様のごとく崇めはじめたのか
——呼吸困難の続くなか　心臓を押さえながら　男が再び
自らに問うと　上空の青き空に浮かびあがるのは　詩人が
唯一の心の慰めにしていたという　自作の水仙の花の絵だ
とはいえ　この絵の存在は　いまだ確かめられてはおらず
男も実物はまだ見ておらず　彼がいま大空に見ているのは
彼の勝手な想像力の産物でしかない　なぜ詩人は　実際の
水仙ではなく　自作の複製とやらをあんなにも愛したのか
——倒れたままの男の元へ　ひとりの女が恐る恐る近づく
彼女はすぐそこの花屋の主人だ　彼女の暮らすこの一帯は

住民が一致団結して　人の死をいっさい「見ない聞かない
語らない」ことにしてきたという長い歴史があり　「誰も
ここでは死なない」「だから葬式などいっさいありえない」
――というのが常套句の地区だった　この伝統の犠牲者の
ひとりが花屋の主人だった　葬祭用の花は全く売れないし
それ以外の花も大して売れない　もう店を閉めようか――
花屋としての私の生は　閉めて初めて　花開くのかも――
毎日そう思って暮らす彼女の前に　いま　生まれて初めて
死にゆく者が現れたのだ　心臓マッサージをしてやらねば
――いや　このまま死んでくれれば　この外人の葬儀場が
花をたくさん買ってくれるかも――立ち尽くす女の両手は
実は義手で　今は両手とも故障中だ　彼女の店には　いま
大量の水仙が売れ残り　奥のテレビでは　あの引退会見が
「この競技に究極の形などありません」と力説中だ　さあ
もうすぐ曲がり角だ　もしも曲がるのなら　あなたはこの
二人の亡霊に出会うはずだ　たとえ曲がらずに終わっても
あなたの遠回りには　見慣れぬ曲がり角が　まだまだある

一分間の遠出

いつからわたしは洗濯屋になったのだろうか
どうして見も知らぬ人間たちの汚れた衣服を
朝も夜も洗ってやらねばならないのだろうか
長年連れ添ってきた相手を虐待するみたいに
今日もわたしは商売道具の洗濯機を殴り蹴る
「俺が負け組ならおまえはもっと負け組だ」

今日もいつもの黙禱の時間だ　いったい誰の
ためにこんな儀式を毎日やらされているのか
たかだか一分間　目を閉じたくらいのことで
慰められるような死後の世界などどこにある
洗濯機の中で　泡まみれの衣服が回りだすと
やっと世の中に認められた気がするから妙だ

仕方なく目を閉じると　暗黒の中から一台の
タクシーが走ってきて　わたしの前で止まる
「どちらまで？」と言われて　思わず乗ると
行き先が思いつかないのに　いきなり発車だ
車内にはどこか腐臭が漂い　車窓から見える
街並みは空き家ばかり　最初の十秒が過ぎた

わたしが地元の民でないと見抜いた運転手が
説明を始める　元々この街には独自の言語が
あったが　国の方針で学習が禁止されたため

読み書きできる者はもはや一握りだけらしい
車は再び停まり　別の客がなぜか乗ってくる
モアイ像のような顔がわたしの真横に座ると

車内に生魚の匂いが漂い　次の十秒が過ぎる
運転手が説明を再開する　幻のように消えた
地元ならではのその言語を全く習わないまま
生きてきたのが全く情けないらしい　すると
わたしの真横の客が「私は話せます」と言う
濃霧が次第に街を覆い始め　ありとあらゆる

形が形を失い始めると　次の十秒がようやく
過ぎる　運転手がまた客を乗せる　またもや
モアイ像のような顔だ　車内の空気が今度は
獣臭くなる　運転手が自分のことを語りだす
今なお続く戦争で　兵士として敵を殺した後
無人の荒野に長らく抑留され　死に物狂いで

先日ようやく帰還したらしい「今なお続く
戦争」？　どこの国の話だ？ 次の十秒が過ぎ
わたし以外の客二人が　未知の言語で会話を
始める「この世で最も無意味なものこそが
かえって最も意味が深い時がありますな」と
運転手が言うと　車がまた停まり　再び客が

乗ってくる　またモアイ像だ　車内の匂いが
まるで草いきれのように変化し　次の十秒が
過ぎる　残り十秒で黙禱も終わりだ　さっき

乗ったばかりの客が　コンサートホールまで
行ってくださいと運転手に頼む「実は私は
指揮者でしてね」手には音叉が握られていて

わたしが「どんな曲をやるのか」と尋ねると
指揮者は得意げに答える「人類の全ての罪を
背負ったまま満身創痍で生きることになった
人間を描いた楽曲でして　指揮する際に最も
難しいのは休止符の部分なんです」その客が
音叉を鳴らすと　それを合図に　車は停車し

黙禱は終わり　わたしの目も開かれ　洗濯も
終わっている　洗濯物を取り出すと　生魚や
獣や草むらの臭いがまだ残っていて　思わず
満身創痍の商売道具をまた蹴る「洗うのが
貴様の生きがいだろ？ このくらい我慢しろ」
機械の底から生まれたての子供の匂いが漂う

百年経ったら逢いましょう

ずっと使ってきたリュックサックを
今日とうとう　捨てることにした
新品時のスカイブルーはすでに剝げ落ち
使い勝手も　すっかり悪くなったからだ
これを買ってくれたのは　死んだ妻だった
死に際　彼女はリュックを背負う僕を見て
「わたしがいなくなったら　あなたはまるで
戦争に負けた国みたいになっちゃいそう」と
ぽつりと言うと　顔を少しゆがめた

このリュックに初めて入れた本は
息子の誕生日のために買った『老人と海』
必ず読んでくれるはずと願っていたが
当ては外れ　彼は全く見向きもしなかった
文庫本は埃をかぶり　サンチャゴの夢と
メカジキの骨の幻だけがリュックに残った

妻の葬儀のあと　このリュックで
彼女の位牌を運んだ　息子が一言
「人間って　死ぬと持ち運びが便利だね」
位牌をリュックから出し入れするたびに
なんだか手品師にでもなった気分だった

息子が不慮の事故に遭ったあの日も

このリュックを背負い　病院へと急いだ
命に別状がないと知り　涙を拭うと
事故で汚れきった彼の衣服を
このリュックに入れて持ち帰った
衣服から沁み出た彼の体臭は
魚の死臭と老いた漁師の寂寥に出会い
稼働する洗濯機の中のように
リュックの中でこんがらがった

このリュックに最後に入ることになった本は
母国を征服した外国の軍隊のために　ひたすら忠節を尽くし
人知れず殉死するその日まで　献身を続けたという
青い目をした　ひとりの植民地人の物語で
彼は死後やっと　征服者たちから「愛国者」と称賛された
まだ途中までしか　読み終えてはいないのだが
詩人でもあった主人公が　兵役中に書いたという
「百年経ったら逢いましょう」という詩は　繰り返し読んだ
死ぬ間際まで　彼が愛用のリュックに潜ませていた詩だ
その詩から察するに　彼が心の底から「愛国者」なんかに
なりたがっていたようには　どうしても思えないのだ
彼はいったい　百年後　誰に　そして
どんな風に　逢いたいと願っていたのか
全てはおそらく　未読の物語後半において
ようやく明かされることになるのだろう

リュックをいざ捨てようとしていると
息子が「ちょっと待って」と声をかけてきた
「今日からは僕が使う」と言いきるので

「どうして」と尋ねたが　彼はただ笑うだけ
息子の背中に移ったリュックを見ていると
真っ青な空の下　植民地解放を祝う民衆の
地鳴りのような声が　ふと聞こえた気がした
「年をとると失うものが増える」と言う私を
息子は　急に大人びた声で励ましてくれた
「いつかまた　母さんみたいな女性が現れて
もっといいリュック　買ってくれるはずだよ」
息子は颯爽と出かけていき　残されたわたしは
百年後の風景を独り妄想する　サンチャゴのように

髙野吾朗（たかの・ごろう）
1966年，広島市に生まれる。現在，佐賀市に在住。
英語と日本語の両方で詩作を続けており，これまで英語詩集を3冊，日本語詩集を1冊出版している。
► *Responsibilities of the Obsessed*（BlazeVOX，2013年）
► *Silent Whistle-Blowers*（BlazeVOX，2015年）
► *Non Sequitur Syndrome*（BlazeVOX，2018年）
►日曜日の心中（花乱社，2019年）
妻を亡くし，現在独身。三児の父でもある。
なお，本書所収のいくつかの作品の初出は，以下のどちらかの媒体においてであった。そのどちらに対しても，この場を借りて深く感謝申し上げたい。
►詩と批評『ミて』（詩人・新井高子氏が編集人を務める詩誌）
►『原爆文学研究』（髙野も所属する「原爆文学研究会」が毎年刊行している学術誌）

＊本書出版にあたっては，著者の勤務校である佐賀大学から費用面での助成を得た。

百年経ったら逢いましょう

❖

2021年3月15日　第1刷発行

❖

著　者　髙野吾朗

発行者　別府大悟

発行所　合同会社花乱社
〒810-0001 福岡市中央区天神 5-5-8-5D
電話 092(781)7550 FAX 092(781)7555
http://www.karansha.com

印刷・製本　有限会社九州コンピュータ印刷

ISBN978-4-910038-27-8